KEIN

PLATZ

IM HIMMEL

FREI

Buch 18   **Psycho Thriller**

Zum Buch

In den alten Schriften, fand sie geheimnisvolle mystische
Aufzeichnungen - Vorbestimmungen, wie ihr zukünftiges
Leben ablaufen würde.
Welch ein unbeschreibliches Gefühl - seine Zukunft
aus einem Buch zu erfahren.
Doch wann beginnt die Zukunft?

Sie wusste, dass sie schon mal gelebt hatte.
Nicht ein oder zweimal - nein mindestens vier verschiedene
Leben, müssen es gewesen sein.
Von dem krassen Kontrast aus der tiefsten Urzeit
bis hin zu utopischen Zukunftsversionen
mit künstlicher Intelligenz.
Doch warum erinnerte sie sich an das Leben in der Steinzeit
am meisten...

Zur Autorin:

In einem kleinen Harzdörfchen - in selbstgewählter Ruhe und
Abgeschiedenheit, widmet sie sich nun ausschließlich ihrem
Hobby - dem Schreiben utopischer Abenteuer Romane
und Mystery - Triller.

Bisher erschienene Bücher

Tor zur Ewigkeit	Band 1
Sternenstaub	Band 2
Am Rande der Zeit	Band 3
Tödliches Verlangen	Band 4
Zwischen den Welten	Band 5
Der Gesichtslose	Band 6
Hinter dem Regenbogen	Band 7
Schwarze Sonne	Band 8
Die weiße Sklavin	Band 9
Satans Erben	Band 10
Satans Rache	Band 11
Herrin der Welt	Band 12
Die verschwundene Zeit	Band 13
Fenster ins Jenseits	Band 14
Wo die Ewigkeit endet	Band 15
Glut der Hölle	Band 16
Hilferuf aus der Steinzeit	Band 17
Kein Platz im Himmel frei	Band 18

alle unter: http://www.meine-buch-ideen.de

Inhalt:

Kap. 1: Aus dem Himmel gefallen   S. 07

Kap. 2: Die Strafe   S. 14

Kap. 3: Das verlassene Haus am Berge   S. 41

Kap. 4: Das Leben ruft   S. 56

Kap. 5: Spiel des Lebens   S. 62

Kap. 6: Das Höllentor   S. 73

Kap. 7: Die Unverbesserliche   S. 77

Kap. 8: Der Außerirdische   S. 89

Kap. 9: Vorhof zur Hölle   S. 96

Kap. 10: Die lange Dunkelheit   S. 115

Kap. 11: Der einsame Sternenreiter   S. 120

Kap. 12: Paradies ohne Ausgang   S. 124

Kap. 13: Stau im Fluss des Lebens   S. 133

Kap. 14: Das Ende der Zeit   S. 148

Kap. 15: Verbrannte Erde   S. 167

Kap. 16: Geschenk der Götter   S. 170

Aus

Dem Himmel

gefallen

KAPITEL 1: AUS DEM HIMMEL GEFALLEN

Ich glaubte, mein eisernes Gefängnis - die kalte Hölle,
die mich gefangen hielt, würde auseinander bersten.
Das ist also mein Ende, jetzt wo ich die Erde endlich wieder
erreicht hatte.
Die Raumkapsel schlug hart auf dem Wasser auf.
Doch kein Mensch - kein Empfangskomitee, stand zu unseren
Empfang - unserer Rettung und Bergung aus den Fluten
bereit. Der Platz unserer Landung jedoch, schien zu stimmen,
soweit ich es beurteilen konnte.

Das Land war nicht weit, auch die Insel neben der wir landeten, war in unmittelbare Nähe.

Genauso wie es sein sollte. Doch auf der Insel rührte sich nichts. Sie schien noch unbewohnt.

Aber wie konnte das sein?

Ein schrecklicher Verdacht nahm Gestalt an.

Alles war vorschriftsmäßig gelaufen, nur die Zeit stimmte nicht.

Robby der Zeitenlenker hatte im guten Glauben, doch ohne mein Wissen diese Zeit gewählt.

„Robby, was hast du getan, jetzt werden wir elendig ersaufen," rief ich, vorwurfsvoll den Kopf wiegend.

Doch das Schicksal hatte ein Einsehen mit uns.

Die Strömung trieb uns an Land, bevor uns die gurgelnden Fluten in die Tiefe sogen.

Scheppernd krachten wir an das felsige Ufer.

In allerhöchster Not, pellte ich mich aus dem lästigen, schweren, einzwängenden Raumanzug.

Ich musste eilends die Ausgangsklappe öffnen.

Mit aller Kraft zog ich daran und schaffte schließlich einen kleinen Durchgang.

Doch mit dem Öffnen der Tür, drang augenblicklich Wasser ein. Die Kapsel, unser sicherer Hort, begann zu sinken.

Ein gurgelnder Sog, zog uns in die Tiefe.

Meinen Beutel, mit dem Allernötigsten, trug ich bei mir.

Mit ein paar kraftvollen Klimmzügen, könnte ich mich retten.

Das Problem jedoch war Robby, der noch an der Schalttafel angeschlossen war. Ihn konnte ich keinesfalls zurücklassen.
Das Wasser stand mir unterdessen bis zum Hals.
Ich holte tief Luft und beugte mich in die eisigen Fluten um die Schrauben, mit denen Robby angeschlossen war,
zu lösen. Mit zittrigen Fingern, gelang es mir endlich.
Nun zerrte ich den bewegungsunfähigen Roboter von seinem Pult. Keuchend vor Anstrengung und Luftmangel, verständlicher Weise noch recht wackelig auf den Beinen.
Auch waren meine Arme und Hände kraftlos, die Muskeln waren erschlafft, nach der Schwerelosigkeit im All.
So zerrte und schleppte ich ihn auf die glitschigen Klippen.
Die Erde hatte uns wieder, wir lebten. Doch was nun?
Mit letzter Kraftanstrengung, quälte ich mich noch ein Stück weiter, sodass uns die schäumende Brandung nicht mehr erreichen konnte.
Erschöpft ließ ich mich auf den steinigen Boden sinken.
Bibbernd vor Kälte, rollte ich mich zusammen, ohnmächtig, in verzweifelter Hoffnungslosigkeit versinkend.
Ich weis nicht wie lange es dauerte, bis sich ein Fischerboot näherte. Laute, aufgeregte Stimmen rissen mich aus meiner Apathie.
„Sieh nur, eine Nixe ist uns an Land gespült!"
Ich wurde aufgehoben und auf starken Armen getragen.
Wärmende Decken hüllten mich ein.
Nicht achtend der merkwürdigen blechernen Gestalt neben

mir, der sie einen derben Tritt versetzten.

„Oh tut ihm nichts, er gehört zu mir, er lebt wie ihr,"
rief ich verzweifelt.

„Was - dieser Schrotthaufen soll leben"? rief einer der
Männer.

„So nimm ihn doch mit, Kerl," rügte ihn der Andere,
" irgendwas muss schon an dem sein. Ein Teufelswerkzeug.
Schau nur, er hat Augen und Hände, die aus drei
zangenartigen Greiffingern bestehen, mit denen er allenfalls
einen Hebel umstellen könnte, eine grässliche Puppe,"
fügte er nachdenklich hinzu.

„Nun denn, wenn die Holde so ein Spielzeug bevorzugt."

Nachdem sie mir ein heißes Getränk, mit viel Alkohol
eingeflößt hatten, versank ich bald in tiefe Schwärze.

Als ich im Dämmerlicht unter einem Felldeckenberg
geborgen erwachte, fiel mein erster Blick auf Robby,
den sie direkt neben meinem Schlaflager auf einer wackligen
Konsole abgestellt hatten.

Dort wirkte er grotesk und unnatürlich, befremdend.
Wie ein nicht einzustufendes Monster - ohne Beine und
gleichsam friedlich.

Dennoch hatte er mir, mit seinem Eigensinn, übel
mitgespielt. Im guten Glauben, die Zeit zu überlisten, hatte
er uns, nicht wie beabsichtigt in das Jahr 3000 manövriert.
Denn dort, ist in der neuen Zeit der Weltraumbahnhof,

mit der Raumfahrtbehörde entstanden.

Mir war, als könnte ich Robbys Gedanken lesen.

Ich wollte nicht, dass der teuflische Justin uns so schnell findet. Wir könnten doch zunächst untertauchen und überhaupt, kann er ja nicht ohne mich in diese Zeit gelangen.

Mein vorwurfsvoller Blick wechselte in begreifendes Verständnis.

Wohl 1000 Jahre zeitlich entfernt auf dem Weltraumbahnhof, wartete Justin ungeduldig auf uns.

Dort saßen auch sämtliche Wissenschaftler und Zukunftsforscher, die auf einem Riesenbildschirm, sämtliche Abflüge und Landungen verfolgen konnten.

Vor wenigen Stunden erst, war Justin selbst hier auf der Raumstation gelandet.

Er musste in aller Eile das Feld räumen, denn ihre - unsere Landung stand unmittelbar bevor. Alles war bereit und würde reibungslos wie immer verlaufen.

Winzig klein, zeigte sich für einen Moment, ein sich nähernder Punkt auf dem Monitor. Doch er verblasste sogleich wieder.

Die Raumkapsel jedoch, die exakt in diesen Minuten landen sollte, war plötzlich vom Bildschirm verschwunden.

Ein Unding - eine Katastrophe, denn das bedeutete, dass sie

beim Passieren in die Erdatmosphäre, verglüht ist.

Das darf nicht sein...

„Oh mein Gott, so ist mir meine Liebste für immer genommen. Ich werde sie niemals mehr wiedersehen."

Stieß Justin erschüttert hervor und schlug seine Hände vor die Stirn. In seiner Verzweiflung dachte er:

Hätte ich sie jedoch nicht mitgenommen, so wäre sie zu dem anderen, meinem verhassten Rivalen gelaufen.

Oh je, ich wusste wie alles gekommen wäre, doch mit diesem entsetzlichen Unglück, habe ich nicht rechnen können.

So etwas, war nicht vorgesehen.

Warum musste ich denn immer dem lieben Gott ins Handwerk zu pfuschen.

Wie egoistisch von mir, sie aus Eifersucht und Leidenschaft, einer Leidenschaft - die nur Leiden schafft, in meine Verrücktheiten einzubinden.

Wir jedoch, landeten in dem Moment in der Zeit 1859, aus der wir ursprünglich kamen und von Justin aus unserem friedlichen Leben gerissen und hinterlistig fortgeschafft wurden.

Eine Zeit, in der man von Raumfahrt
und Weltraumexpeditionen, noch nichts wusste.

So erschien den Eingeborenen, dieser abgeschiedenen

Inselwelt, unser Auftauchen unbegreiflich - als wären wir vom Himmel gefallen.

Ach der gute Robby, mein Hirte und treuer Helfer in der Not. So war er mir als einziger Vertrauter noch geblieben. Erleichtert atmete ich auf und harte der Dinge, die nun folgen würden.

Kapitel 2: Die Strafe

10 Köpfe fuhren herum.

10 Augenpaare starrten mitleidig auf Justin.

„Sorry, alter Kumpel," stammelten sie gerührt und strichen ihm linkisch über den Rücken.

Mehr brachten sie nicht heraus. Ihnen fehlten die Worte. Worte die groß genug waren, angesichts des fürchterlichen Geschehens, zwischen Himmel und Erde.

Erschüttert starrte er auf den leeren Monitor.

Ein unbeschreibliches Gefühl der Leere, etwas kostbares, Unwiederbringliches verloren zu haben, erdrückte ihn.

Wie egoistisch von mir, sie aus purer Selbstsucht, in meiner Verblendung, dem Stress ausgesetzt zu haben.

Doch die Reue kam zu spät.

Wenn ich sie jedoch nicht mitgenommen hätte - so wäre sie mir dennoch verloren. Denn da gab es einen anderen, dem sie gefolgt wäre und ich hätte das Nachsehen.

In einem Anflug von Melancholie ließ er die intimen Stunden Revue passieren. Die vielen Jahre die uns verbanden, konnten nicht ausgelöscht werden. Noch immer überkommt mich wilde Leidenschaft - mehr als nur ein köstlich prickelnder Hauch, eher wie ein heißer Wind, der alles verglüht - brannte noch immer bei jedem Gedanken an sie.

Nun werde ich ihr ein Leben lang nachtrauern.

Wie sinnlos das Leben ohne sie sein wird, wenn ich nicht mehr hoffen könnte, dass sie zu mir kommt.

Ein ständiges Spiel mit dem Feuer, welches das Gemüt beflügelt und einen sinnlichen Mann wie mich erst zum Manne werden ließ. Da ich beinahe ein ganzes Leben lang auf sie allein fixiert war.

Wie konnte ich ahnen, dass es einmal solch ein tragisches Ende nehmen würde.

Oh wie schade, sie nicht mehr umwerben und begehren zu können.

Doch in seinem tiefsten Inneren, wusste er: Sie brauchte einen anderen Mann als mich, ein Typ wie mich, der ständig Action braucht wie ich - täte ihr auf die Dauer nicht gut.

Dennoch schienen wir für einander geschaffen, dachte er, während er gebückt, wie ein alter Mann einsam am Strand entlang stapfte und alte Erinnerungen aufleben ließ.

Im Bett hatten wir immer viel Spaß. Unsere gegenseitige Anziehungskraft, ließ jedes erotische Beisammensein, zu einem Feuerwerk der Gefühle und Sinne werden.

Oh was für ein göttliches Weib.

Sehnsuchtsvoll glitten seine Augen über das Meer.

Aber müssten nicht zerstreute Wrackteile auf dem Wasser treiben - selbst wenn die Raumkapsel verglüht ist?

Doch weit und breit waren keine Überreste zu sehen.

Ein irrer Verdacht kam in ihm auf.

Sollte Robby, das findige Superhirn womöglich in einer anderen Zeit gelandet sein?

Wenn er auch auf den ersten Blick recht unnütz und bieder erschien, so war doch in Wahrheit eine unheimliche Macht, die ihm innewohnte - die Macht, über die zeitlichen Grenzen zu verfügen.

Er war der große Zeitenlenker, mit mehr Macht als irgendein noch so gelehrter Wissenschaftler, obwohl er - oder gerade weil er keinen vergänglichen Körper - nur noch seinen Geist besaß- war er unsterblich...

Wie auch Justin, als er in größter Not, als letzte Rettung vor dem unweigerlichen Tode, den Flug in das All wählte. Damals hatte ihn Robby entkörpert - seinen Geist aus seiner Hülle gelöst.

Er spürte noch immer das Entsetzen, das er damals empfand, als er aus einer langen Ohnmacht erwachte und sich körperlos, in der Tiefe des Alls befand. Ein Wesen, das keinen Schatten warf.

Damals auf dem Flug zu Robbys Heimatplaneten Heros, unendlich weit entfernt - jenseits unseres Sonnensystems, waren sie so unglaublich lange unterwegs, das er diese Reise ohne Nahrung und Sauerstoff, nur Körperlos überstehen konnte.

So zählte die Zeit nicht mehr. Während er durch das All raste,

waren all seine Bekannten mittlerweile verstorben.
Während er im Raumschiff in der Zeitlosigkeit überlebte.
All die anderen waren in der Zwischenzeit gestorben und
neugeboren.
Während sein Leben keine Unterbrechung erfahren hatte.
Den gewisse Zeitraum, in dem der Mensch mehr oder
weniger - viel oder alles vergessen, hat er als einziger,
ohne Pause durchlebt und wusste so auch alles was in den
vielen hunderten Jahren geschehen war.

Benommen setzte ich mich auf. Durch die dünne Holzwand
der Fischerhütte, hörte ich meine Retter palavern,
im Kauderwelsch einer Sprache die ich nur mit Mühe
verstand.
„Wir müssen sie in die Stadt schaffen, oder was meinst du?"
„Oh - ich wüste schon, was wir mit ihr anfangen könnten,"
entgegnete der andere vieldeutig.
„Du redest dummes Zeug. Was sollen unsere Frauen und
Kinder sagen, wenn sie uns eines Tages auf die Schliche
kommen? Ein Weib wie dieses, bringt uns in Teufelsküche
und sorgt nur für Unfrieden."
„Ja du magst Recht haben," bestätigte der andere.

Eine Eselskarre brachte uns ratternd in die nächste Stadt, mich und meinen stählernen, stummen Freund, den ich in einer Decke verborgen mit mir schleppte.

Die Verständigung war schwierig. Mit Händen und Füßen gestikulierend, erreichte ich schließlich, das wir auf einer strapaziösen Schiffstour, dritter Klasse für einen Platz unter den Ärmsten der Armen vorgemerkt wurden.
Im Haus des Bürgermeisters, der mich mit lüsternen Blicken traktierte und belästigte, warteten wir endlos, wie es mir schien, auf die Überfahrt in die Zivilisation.
Ich hatte weder Geld noch andere Wertgegenstände bei mir

und war somit den Repressalien meines Gönners völlig ausgeliefert. Bis uns endlich der Schiffsrumpf aufnahm.

Doch damit begann eine der übelsten Torturen die ich je erlebte. Eine unvorstellbare Odyssee und erniedrigende Qualen, galt es zu überstehen.
Der Gestank - zwischen den zankenden Familien eingepfercht, war unerträglich.
Seekrankheit und ausbrechendes Fieber, mangelns fehlender Hygiene, rafften ein Drittel der Seereisenden nieder.
Sodass die restlichen Passagiere, keifend und prügelnd um die frei werdenden Plätze stritten.
Ein rüder Umgang, bis hin zu einem Aufstand gegen die unwürdigen Umstände, vergifteten zusätzlich die Atmosphäre.
Elend, mehr tot als lebendig, betrat ich endlich das Festland.
Europa hatte mich wieder...
Doch damit war mein Weg noch lange nicht zu Ende.

Es ist müßig, all die folgenden Strapazen zu beschreiben, die noch meiner harrten, wenn mir mal wieder ein Missgeschick widerfuhr.
Denn ich hatte noch einen langen steinigen Weg zu bewältigen, dennoch verzweifelte ich nicht,

sondern nahm es gelassen.

Was soll's - ein unschönes Kapitel meines Lebens ist zu durchstehen, dachte ich verzagt.

Früher hatte ich meistens ein Pferd, auf dem ich weite Entfernungen überwinden konnte.

Doch gegenwertig war ich auf das Wohlwollen einzelner Kutscher oder jedweder Pferdegespanne angewiesen um die lange Strecke zu verkürzen.

So war ich zunächst dankbar, auch mal für ein paar Nächte in einem richtigen Bett schlafen zu können.

Doch es blieb nicht aus, das ich an so manchen Halunken geriet, der meine Not zu seinem Vergnügen nutzte.

Denn ich war ja zurzeit nicht mehr, als eine verwilderte Landstreicherin in ihren Augen. Ungepflegt in Männerkleidung, ohne Gepäck, außer meinem Beutel, trug ich nur den lästigen, sperrigen, doch gleichsam kostbaren Roboter bei mir, verborgen und gut geschützt in einer Decke.

Mein größtes Streben galt nun, das Haus und darüber den Berg mit der Höhle - den Zeitkanal zu erreichen, um den Roboter an seinen angestammten Platz zu setzen.

Auf das er wieder, wie schon tausende Jahre zuvor seines Amtes in Verantwortung walten konnte.

Denn ein Zeitkanal ohne Zeitenlenker ist nicht mehr, als ein gewöhnlicher banaler Platz, war mir klar.

Mein Gott - will diese Odyssee, dorthin zu gelangen kein Ende nehmen?

Ein simpler Anruf nur an meine Freundin Waltraut, die im Jahre 1980, noch immer auf mich wartete. Sie würde alle Hebel in Bewegung setzen, mich Heim zu holen.

Doch hier und jetzt war das Telefon noch längst nicht erfunden. All das hatte Robby nicht bedacht...

Missmutig stapfte ich durch den Wald, der kein Ende zu nehmen schien.

Mein Kompass war in meinem Hirn. Die Sonne wies mir den Weg - lenkte mich in die grobe Richtung, wie eine Landkarte die in meinem Kopf verwurzelt war. Bald müsste ein kleiner See meine Sinne beleben. Lauf weiter Carla - immer weiter, siehst du den See - so bist du auf dem rechten Weg.

Der Wald lichtete sich. In der Ferne erblickte ich den See.

Er glitzerte verführerisch in der Sonne.

Noch war es Spätsommer, die Wärme lockte zu einem Bad.

Kein Mensch würde zusehen.

Erleichtert stieg ich aus meinem verschwitzten Zeug.

Ich kramte Seife, frische Unterwäsche und den letzten Rest meines Deos aus meinem Beutel.

Als erstes wusch ich meine verschlissenen Lumpen und hängte sie zum Trocknen in die Büsche.

Nun hielt mich nichts mehr, selbst in das köstliche Nass einzutauchen. Seife und Kamm machten anschließend einen neuen Menschen aus mir.

Ein Plätzchen im Gras, wohlig in der wärmenden Sonne ausgestreckt, ließ mich in süße Träume sinken.

„Robby, guck nicht so schamlos, du Schelm," witzelte ich, als ich die Augen wieder aufschlug.

Etwas Unbestimmtes hatte mich geweckt.

Ich spürte, ich war nicht mehr allein mit Robby.

Hastig schlüpfte ich in meine noch feuchte Kleidung.

Es raschelte verdächtig. Die Binsen bewegten sich wie die Stängel im Maisfeld - wie Wellen.

So konnte ich das Nahen des Störenfriedes, näherkommen sehen. Schließlich teilten sich die Halme und eine Gestalt trat hervor.

„Carla, mein Lebenslicht, oh du bist es doch, in all deiner Schönheit, wie Gott dich geschaffen. So habe ich dich wieder einmal gefunden. Ich verfolge dich schon lange.

Aber was treibst du hier in dieser einsamen Gegend?"

Ich glaubte meinen Augen nicht zu tauen.

Sollte das Giesbert, mein unermüdlicher Ritter und einstiger Gatte aus dem 13 Jahrhundert sein?

Giesbert der unsterbliche Fürstensohn aus dem Reich der Finsternis. Der schon ewig auf der Suche nach mir in den Zeiten herum irrte?

„Giesbert, bist du es wirklich?" stammelte ich ungläubig.

„Ja - der bin ich. Nun entkommst du mir nicht mehr, du untreues Weib. Mein Schloss wartet so lange schon auf deinen Einzug."

Oh - je, auch das noch, das hat mir gerade noch gefehlt. Nie mehr wollte ich die unglückliche Zeit, wie die im 13 Jahrhundert erleben, die mit einer entsetzlichen Feuersbrunst endete.

Nichts ärgeres konnte mir widerfahren, dachte ich, in die Enge getrieben.

„Ach das Schloss ist doch niedergebrannt, du selbst hast es angezündet - oder?"

„Das mag wohl sein. Ich habe dort fürchterlich gewütet, nachdem du mich verlasen hast. Doch es wurde wieder aufgebaut. Das musst du doch wissen. Ich selbst habe dich dort gesehen, um 16 Hundert, als du mit dem jungen Grafen deine Hochzeit geplant hast.

Welch ein verwerfliches Frauenzimmer du doch bist.

Hast du vergessen, dass du noch immer mit mir in heiliger Ehe für alle Zeit verbunden bist?

Du gehörst mir - nur mir, für immer!"

„Aber du hast mir nie gutgetan, hast mich belogen und betrogen, mein Leben mit dir war ein einziges Desaster."

„Oh du undankbares Geschöpf. Habe ich dich nicht vor viel Schlimmerem bewahrt?"

„Ach - das alles ist so lange her. Ich mach dir einen Vorschlag zur Güte," setzte ich zu einem letzten Versuch, ihn umzustimmen an.

„Im Gegenzug dafür, dass du mich gehen lässt, biete ich dir ein letztes romantisches aeh - na du weist schon, ein Schäferstündchen an," schlug ich etwas verlegen vor. Worauf er grinsend den Kopf wiegte.

„Also, wenn es dich so nach meinem Erscheinungsbild - nach meinem wie du immer sagtest - Liebreiz und Charme verlangt, so findest du mich 1000 Jahre vor Christi in der Bronzezeit," warf ich ein.

„Bah - ich weis schon wen du meinst. Aber das bist nicht du, sondern nur eine billige Kopie von dir! Gleicht sie dir auch im Äußeren, so ist sie schamlos - verschlagen - kalt und berechnend. Und warum sollte ich mich mit dem Ersatz abfinden, wenn ich doch das Original haben kann? Ich muss zugeben, zuerst war ich von ihrer hinreisenden Schönheit geblendet.

Doch ich wusste sogleich das nicht du es bist.

Du würdest deine Reize niemals so freizügig zur Schau stellen wie sie.

Nun komm, es wird gleich dunkel, wir müssen uns noch eine Bleibe für die Nacht suchen, dann können wir in vier Tagen den Zeitkanal erreichen."

„Aber ich will nicht mit dir gehen, selbst wenn ich wollte,

ist es nicht möglich, du solltest vielmehr nach der anderen Ausschau halten."

„Bla -bla. Ich sage es noch einmal.

Weshalb sollte ich mich mit einem Stück vom Kuchen begnügen, wenn ich den ganzen köstlichen Kuchen haben kann."

„Aber Giesbert, wir können deine Zeit und dein Schloss nicht mehr erreichen. Das Zeitentor funktioniert nicht mehr ohne den Zeitenlenker. Weißt du das nicht?"

„Was sagst du da - was redest du da für ein Unsinn, von dem Zeitenlenker?"

„Ja - wenn ich es doch sage, du wirst dein Reich nimmer mehr erreichen, dein Schloss ist unerreichbar für dich."

„Unsinn, das glaube ich erst, wenn ich es mit eigenen Augen sehe. Du versuchst schon wieder, mich reinzulegen," polterte er grimmig und packte meinen Arm.

Er bückte sich, um mein Gepäck aufzunehmen.

„Was ist das für ein merkwürdiges Blechgestell?

Wozu brauchst du das, wofür soll das nützlich sein?" fragte er irritiert und stieß mit dem Fuß dagegen.

„Rühr es nicht an, fauchte ich böse.

Es ist äußerst nützlich und sehr wertvoll. Aber das musst du nicht verstehen!"

„Ja ja, ich bin nur ein dummer Ritter, der nur zu kämpfen versteht. Du hingegen bist eine gebildete Dame - die alles weis," brummte er spöttisch.

„Nun denn, so gestatte mir, es für dich zu tragen," fügte er kopfschüttelnd hinzu.

Ich wickelte die kostbare Fracht wieder sorgsam in die Decke und übergab sie ihm zögernd.

So trabten wir zu dritt durch die unwegsame Heide und nächtigten in einem Unterstand für die Kühe.

Der primitive Stall zeigte uns, das der nächste Ort nicht mehr weit war.

Unser Frühstück bestand aus einem altbackenen Kanten Brot, den er aus seinen geräumigen Taschen kramte.

Ich aß es gierig, genüsslich wie einen köstlichen Braten.

Oh der ewige Hunger, der mich schon Wochenlang auszehrte. Denn meine Nahrung bestand vorwiegend aus wilden Beeren, die ich reichlich am Wegesrand fand.

Doch mein Magen rebellierte allmählich, gegen die eintönige kalorienarme Kost. Ich lechzte geradezu nach Fleisch, Fisch und frisch gekochten, dampfenden Kartoffeln.

Eine Kleinstadt breitete sich vor uns aus und erwartete uns. Es war Markttag. Ungewohnter Trubel hüllte uns ein.

Jetzt sah ich meine Chance, ihm zu entkommen.

„Ich werde dich nicht weiter begleiten, viel lieber werde ich hierbleiben und du kannst nichts dagegen tun.

Nein - ich werde keinen Schritt mehr mit dir gehen," rief ich scheinbar entrüstet.

Ich rief es in meiner Not so laut, dass alle Passanten es hören konnten.

Im Nu hatte sich ein Pulk Neugieriger um uns versammelt.

„Der Rüpel belästigt mich. Er ist wahnsinnig, glaubt ein Ritter aus dem 13 Jahrhundert zu sein. Der gehört eingesperrt," fügte ich weinerlich und gestenreich hinzu und brach in Tränen aus.

Doch wohl keiner konnte meine Worte verstehen, dennoch starrten mich alle mitleidig an.

Die Situation jedoch, wie sie sich ihnen darstellte war eindeutig.

Ein Tumult brach aus.

Drei bullige, grobschlächtige Kerle, bei uns würde man sagen: Üble Schlägertypen, traten hervor, packten den vermeidlichen Übeltäter und nahmen ihn in die Zange.

Ein verächtlicher hasserfüllter Blick von Giesbert traf mich und ließ mich erschauern.

Ein feiner Herr, der sich von dem gemeinen Volk unterschied, löste sich aus der Menge.

„Ich habe alles genauestens verfolgt und habe jedes Wort verstanden, gute Frau. Ich bin hier der Schuldirektor, Professor Richard Bernstein ist mein Name. Ich sehe, sie sind in großer Not!"

„So sehen sie, in welch übler Lage ich mich befinde.

Ich bin überfallen und ausgeraubt worden, dort vor dem
großen Wald. Sie können sich nicht vorstellen, was ich habe
erdulden müssen. Ich wurde geschändet. Meine Kleidung
wurde verbrannt. Ich sehe die Unholde noch hämisch lachen,
nachdem sie meinen Gatten bestialisch ermordetet und mich
nackt und bloß zurückgelassen hatten, und zu allem Übel
auch noch unser sämtliches Gepäck an sich genommen
hatten.
Doch etwas war ihnen zu unheimlich, um es auch noch
mitzunehmen...
Das hier ist von meinem Gepäck als einziges übriggeblieben.
Ein Torso, eine wertvolle Bronzestatue mit großen
gespenstischen Augen.
So blieb mir nichts anderes meine Blöße zu bedecken,
als mich in die Kleidung meines verblichenen Gatten zu
hüllen. So seht ihr mich in dieser unschicklichen
Männeraufmachung, wie eine lumpige Streunerin!
Aber ich bin keine stinkende Landstreicherin, wie es scheinen
mag. Ich bin sauber, mein Haar ist frisch gewaschen und
gepflegt."
„Hm, oh ja, ihr Haar duftet wie eine Blumenwiese.
Ihre Augen sind lieblich und rein wie die eines Engels.
Sie gehören in Seide gehüllt. Aber was hat dieser Kerl dort
mit dem Überfall zu schaffen?"
„Nun ich weis nicht ob er zu dieser üblen Bande gehört.

Denn er hat mir später aufgelauert und mich in seine Gewalt genommen.

Er wollte mich entführen, in sein Reich, in seine Ritterfestung, wie er sie beschrieb. Der arme Kerl ist nicht böse, sondern geistesgestört, er gehört weggesperrt.

Befreit mich um Gotteswillen von dem Irren!"
fügte ich leidenschaftlich hinzu und schüttelte mich unbehaglich.

„Ah - ja, ich verstehe." er schnippte mit den Fingern - zwei Schutzmänner traten hervor, ergriffen den verstörten Giesbert und führten den, sich heftig Wehrenden unter dem zustimmenden Gegröle des Pöbels ab.

Der in seiner Not die Worte ausspie: „Wir sehen uns wieder, du hinterhältiges Frauenzimmer!"

Sein durchdringender Blick sagte mir, dass ich niemals Ruhe vor ihm finden würde.

Ich zuckte bedauernd die Schultern.

„Was wird mit ihm geschehen?" fragte ich meinen Beschützer.

„Nun, er wird wohl für ein paar Monate in einer psychiatrischen Anstalt verbringen müssen.

Doch die Anstalten sind überfüllt, sodass er wohl schon bald wieder in Freiheit gesetzt wird, wenn sich herausstellt, dass er harmlos ist. Doch nun kommen sie mit mir, ich werde sehen, was ich für sie tun kann."

Oh der gute Richard tat viel für mich, viel mehr als mir lieb
war. Zumal ich doch nur den einzigen Wunsch hegte,
das Haus im Tal am Berge und den Zeitkanal,
endlich zu erreichen.
Der feine Herr Professor verfügte über weitreichende
Beziehungen, bis hin zum Hochadel.
Er versorgte mich vorzüglich mit prächtigen Roben
und überschäumenden Gefühlen, herzerwärmenden
Aufmerksamkeiten, bis zu einem feierlichen Heiratsantrag.
Worauf ich ihn in gespielter Trauer, um meinen erfundenen,
gerade erst verblichenen Gatten, auf später vertröstete.
Doch zaghaft auf leisen Sohlen verflochten uns heimlich,
zärtliche Bande, die jedoch nur in seinem Kopf gediehen.
Insgeheim jedoch, bereitete ich mich vor, zu gehen.
Still und leise in aller Frühe, noch bevor der erste Hahn
krähte.
Doch welch ein Glück mir doch noch nach aller erlittenen
Pein zuteilwerden sollte - änderte meinen Plan.
Nachdem ich mein Bündel schon heimlich geschnürt
und früh zu Bett gehen wollte, präsentierte er mir eine
Einladungskarte.
„Hier, sieh selbst, eine Einladung vom Grafen Günter von
Elzen auf das Schloss."
„Oh ist das wahr? Der Graf von Elzen gibt sich die Ehre.
Ich wusste gar nicht, dass du in solch hohen Kreisen

verkehrst. Aber woher kennst du den?"

„Ach der gute Günter war ein Zimmerbewohner von mir, damals im Internat, ein echter Lausebengel, immer zu Streichen aufgelegt. Du hast also auch schon von ihm gehört?"

„Ja ich habe schon einiges von ihm erfahren, nun was man so erzählt in der Region." Bestätigte ich so ruhig wie ich konnte.

In meinem Kopf wirbelte alles durcheinander.

Welch eine glückliche Fügung, dachte ich emotional und aufgewühlt.

Endlich war es soweit. Ich hatte mein Ziel fast erreicht.

Oh - wie war ich gespannt, den Grafen - Günters Urahnen kennen zu lernen.

Günter, mein Gefährte aus einem vorigen Leben, der mir lebhaft aus meinen Aufzeichnungen, welche die Zwischenzeit überstanden hatten, im Kopf zum Leben erwacht war.

Günter mein Herzenswärmer, der Mann der für mich bestimmt - Vertrauter und treuer Begleiter in meinen vorigen Leben.

So würden wir auch in diesem Leben zur gegebener Zeit aufeinandertreffen, wusste ich aus meinen Niederschriften.

Und tatsächlich werden wir uns schon bald begegnen.

Gleichwohl waren die starken Gefühle, die ich noch immer für ihn empfand, offenbar einseitig, denn nach unserer neuerlichen Begegnung war und blieb er verschwunden - er hatte mich wohl vergessen.

So hegte ich den geheimen Wunsch, ihn im Schloss seines Ur - Urgroßvaters, der ebenfalls Günter hieß, anzutreffen.

Doch solange Robby sich nicht an seinem Platz, in der Höhle befand und dort residierte, war keine Zeitreise möglich.

Denn gänzlich ohne das Schaltmodul, war er hilflos, unfähig, etwas auszulösen.

Ich allein habe zurzeit die Macht über die ganze Welt.

An mir ist es, den Zeitkanal wieder in Funktion zu bringen.

Welch eine unglaubliche Last auf meinen Schultern, die mich erdrückt.

Denn so konnte auch der junge Graf Günter nach einem Besuch im elterlichen Heim, sein Haus, welches er als Geschenk von seinem Ur - Ur Großvater erhalten hatte, schon Jahre nicht mehr erreichen.

In großer Verwirrung war es damals aus dem Haus geeilt, nachdem er einen Schrank voller Frauenkleidung vorgefunden hatte.

Hernach wollte er die Kleider und Blusen in Ruhe betrachten. Denn etwas an ihnen hatte eine vage Erinnerung an längst Vergessenem, ausgelöst.

Nun aber war ihm der Weg in die Vergangenheit, solange schon versperrt.

Mit Wehmut erinnerte er sich an den denkwürdigen Abend
in einer Kneipe, als er sie, die reizende Unbekannte,
die ihm dennoch gleich so vertraut erschien, zum ersten Mal
gesehen hatte.
Sogleich hatte ihr Anblick ihn fasziniert, ja gerade zu
berauscht. Hingerissen sogen sich seine Augen an ihr fest.
Er konnte nicht mehr denken - wusste nur, er würde sie nicht
mehr loslassen - sie nie mehr gehen lassen.
Auch ihr Blick sagte ihm, das auch sie Feuer gefangen hatte.
Es kam zu einem ersten scheuen Kuss.
Das war Sie, von der er solange schon träumte.
Doch es blieb ein Traum.
Denn man hatte ihm damals übel mitgespielt - ihn außer
Gefecht gesetzt. Bis heute wusste er nicht, was dereinst
wirklich geschah - wer seine Finger im Spiel hatte.
Danach hatte er sie nicht wiedergesehen.
Sollte sie sich in der alten Zeit, die sie erwähnte aufhalten?
So war sie derzeit nicht erreichbar für ihn, doch er konnte
sie nicht vergessen.
Zudem gab es der Zeiten so viele.
Wie sollte er sie wiederfinden... es sei denn, sie war die
Jenige, deren Spuren in seinem Haus am Berge, ihm eine
glückliche Fügung beschert hatte.
Alles war verwirrend und doch so einfach. Er brauchte nur
das Zeitentor passieren und dann...

Wieder einmal, wie schon so oft in den vergangenen Jahren, betrat er die Höhle, doch der Roboter - derZeitenlenker, saß noch immer nicht auf seinem Platz.

Er war verschwunden.

Ein böser Verdacht regte sich in ihm. Das konnte nur der hinterhältige Justin veranlasst haben.

Aber warum? Was bezweckte er damit? Hatte Justin ihr nicht schon immer nachgestellt?

Wie naiv er doch war. Immer mehr Erinnerungen aus seinem vorigen Leben formten sich zu einem Bild und nahmen Gestalt an.

Justin der teuflische Halunke war der Übeltäter.

Er wollte sie für sich allein haben und verwehrte ihm somit den Zugang zu seinem Anwesen.

Sicher lebte er mit ihr in seinem Haus und lachte sich tot über ihn. Er musste hilflos geschehen lassen, wie sein Lebensglück verrann. Er konnte nichts dagegen tun.

So war sie fast zum Greifen nah und doch unerreichbar.

Wütend ballte er die Fäuste gegen den unsichtbaren Feind, der ihm seine Zukunft stahl.

Ich indes, vertrieb mir die Wartezeit mit allerlei nützlichen Beschäftigungen, deren es in einem gutbürgerlichen Haushalt genügend gab. Hemden bügeln, die Wäsche ausbessern, Einkäufe auf dem Markt. Möbel umrücken, das Mittagsmahl kochen und die alte Köchin zu einer Ruhepause ermutigen.

Denn ihr Dienst begann bereits um 5 Uhr mit dem Anheizen aller Öfen. Und darauf folgend das Wasser aus dem Brunnen zu pumpen und literweise in großen Töpfen erhitzen, zwecks zur morgendlichen Reinigung, sowie den Frühstücksgetränken.

Während ich der tristen langweiligen Eintönigkeit - des hin und her Schiebens des schweren eisernen Bügeleisens nach ging, hatte ich viel Zeit zum grübeln und nachsinnen.

Der Tag unserer Reise zu den Feierlichkeiten auf dem Grafenschloss rückte unaufhaltbar näher.

So sehr ich diesen Tag auch herbeisehnte, kamen mir doch Zweifel an meinem Erscheinen mit Richard auf dem Schloss. Plötzlich schien es mir unmöglich, mich mit ihm an meiner Seite zu präsentieren. Denn falls der junge Günter ebenfalls anwesend sein sollte, konnte es die zarten Bande zwischen uns zerstören.

Was sollte er denken, wenn ich mit einem anderen Mann dort aufkreuzte.

Dennoch konnte ich auf die Annäherung in heimatliche Gefilde nicht verzichten. Denn von dort aus trennten mich nur noch weniger, als vierzig Kilometer von meinem geliebten Haus, direkt unter dem Berge mit dem Zeitenkanal, der nun verweist und leer auf Robby den Zeitenlenker wartet.

War es nicht mein größtes Streben, Ihn endlich wieder an seinen Platz zu befördern?

Doch wie sollte ich das Richard verständlich machen?

So würde ich zu einer List greifen müssen, um dort hinzugelangen. Ich zerbrach mir den Kopf und kam doch zu keinem Schluss.

Die Tage verrannen und ich hatte noch keine Lösung gefunden.

Ich wollte mich nicht als undankbar erweisen und ihn nicht nur als Mittel zum Zweck benutzen - tschüß sagen - so leb denn wohl - ich brauche dich nicht mehr. Der Mohr hat seine Schuldigkeit getan, jetzt kann er gehen.

Aber warum sollte ich nicht die Dinge mit viel Feingefühl so darlegen, wie sie nun mal sind?

Machte er sich auch Hoffnungen und schwebte in goldenen Träumen. So war das nicht mein Problem. Ich war ja nicht sein Eigentum.

Es war soweit.

Ein sonniger Herbstmorgen empfing uns. Er hatte eine Überraschung für mich bereit.

„Schau nur welch ein fürstliches Gewand ich eigens für dich habe nähen lassen. Du wirst die Schönste von allen sein!" strahlte er und überreichte mir ein Traumkleid aus feinster Seide und Spitzen, wie für eine Prinzessin am Hofe, für einen großen Empfang geschaffen.

Doch was sollte ich mit einer solchen Pracht, wenn ich gar nicht vorhatte das Schloss zu betreten. Jetzt sollte ich es ihm sagen. Doch ich verschob es auf später.

Auf der langen Fahrt, denn eine zweispännige Kutsche bewegte sich nur langsam und benötigte viel Zeit, wusste ich aus Erfahrung.

Ich faltete das Kleid und wollte es in meinen Beutel stopfen.

„Willst du es denn nicht anziehen.? Fragte er verwundert.

„Ach im Schloss haben sie doch sicher Umkleideräume. Auf der Fahrt würde es verknittern und unansehnlich werden." überzeugte ich ihn schließlich.

Viele Stunden vergingen.

Ich saß wie auf heißen Kohlen. Mein Gewissen plagte mich.

Die Landschaft wurde mir mit jeder Meile vertrauter.

Als wir den kleinen Forst passierten, der schon zum Besitz des Grafen gehörte, worauf der See folgte und dahinter das Schloss sich in all seiner Pracht erheben würde.

„Ich muss dir etwas gestehen, lieber Richard", setzte ich zu einer Erklärung an.

Ich nahm all meinen Mut zusammen und sprach die Worte aus, von denen ich wusste, dass sie ihn umwerfen und erschüttern würden.

„Ich werde dich nicht in das Schloss begleiten, ich kann nicht - solch ein Auftritt ist meiner nicht würdig."

„Wie - was sagst du da? Aber ich versteh nicht, aber warum bist du dann mitgekommen," stammelte er, aus der Fassung gebracht.

„Wie kannst du nur so herzlos sein. Du hast mich die ganze Zeit getäuscht," fuhr er mich an.

„Ja es war nicht recht von mir. Ich hätte es dir schon viel eher sagen müssen. So höre: Nicht weit von hier entfern, wartet meine Heimat auf mich. Mein Haus und mein Garten, du musst verstehen, dass es mich dorthin zieht.

So bitte ich dich, diesen kleinen Umweg zu fahren und mir meinen so langersehnten Traum zu erfüllen. Das bedeutet noch lange nicht unser Ende." betonte ich.

„Wenn du mich wirklich magst, so überwinde dich und zeig deine Großherzigkeit. Fahre einfach am Schloss vorbei in das nächste Dorf, danach folgen noch einige Orte und dann werden wir es sehen."

Darauf folgte ein langes Schweigen. Ich sah wie er mit sich kämpfte.

„Oh, du stellst mich auf eine harte Probe - aber das ist zu viel, was du von mir verlangst, denn so werde ich dich verlieren." grummelte er.

„Tu es einfach und du wirst sehen, dass es unserer Freundschaft keinen Abbruch tut, denn ich werde dir in ewiger Dankbarkeit verbunden bleiben.

Eine Beziehung auf Abstand bleibt immer frisch."

„Bah - was habe ich von ewiger Dankbarkeit, wenn ich dich kaum noch sehe?"

„Das kann ich dir sagen. Gar nichts wirst du haben.

Denn wenn du mir nicht meine Freiheit lässt, verschwindest du gänzlich aus meinem Leben, wahre Liebe erfordert auch Opfer."

„Ach ich Tor, ich weis nicht welcher Dämon mich leitet, du hast gewonnen - deine Wünsche sind mir Befehl."

Er beugte sich aus dem Fenster und befahl dem Kutscher, „Heinrich, leite die Pferde in das nächste Dorf, wir fahren einen Umweg!"

„Aber Herr Studienrat, man erwartet uns hier.

Außerdem sind die Pferde erschöpft und durstig!"

„Ja - ja, du wirst noch frühgenug zu deinem Bierchen und Schweinebraten gelangen!"

Ich atmete erleichtert auf, als wir das Schloss umfuhren und Kurs auf die Dörfer nahmen.

Mein Herz pochte vor Aufregung und Wiedersehensfreude.

„Du wirst es nicht bereuen," sagte ich, während wir den letzten Ort durchfuhren und die Villa am Berge ansteuerten.

„Denk nur wie schön es sein wird, wenn du mich das nächste Mal besuchst."

KAPITEL 3: DAS VERLASSENE HAUS AM BERGE

„Da ist es, mein geliebtes Heim, mein Schutz und Hort vor dem Unbill des Lebens." rief ich euphorisch.

Doch wartete dort nicht immer mein Liebster, der stattliche Günter auf mich, um mir nach all meinen Irrwegen in vergangenen Zeiten, Ruhe, Liebe und Sicherheit zu geben.

Das jedoch, war in einem vorigen Leben.

Doch zuletzt war es von Justin bewohnt.

Justin der Charmeur und gleichsam ein Monster, der mich arglistig getäuscht und mein Vertrauen auf das übelste missbraucht hatte.

Nun jedoch war es leer, ohne Licht, Wärme und Leben, außer ein paar Kartons mit Männerkleidung, die in der Diele standen.

Aber was ist seitdem geschehen?

Warum hatte ich das geliebte Haus verlassen und wo war mein persönliches Habe geblieben?

Vermutlich in irgendwelchen Schränken auf dem Speicher.

Doch hier deutete nichts auf meine ehemalige Anwesenheit hin.

Ich versuchte krampfhaft, mich zu erinnern.

Was habe ich als letztes getan, bevor ich überstürzt das Haus verließ?

Ich besann mich nur, plötzlich in einem Raumschiff erwacht zu sein, das sich bereits aus der Erdatmosphäre gelöst hatte.

Mein Entsetzen war nicht zu beschreiben.

So konnte nur Justin dieser Unhold, mich betäubt und mich willenlos verschleppt haben.

Ja, so war es. Ich sehe noch sein teuflisches Grinsen - fühlte meine Hilflosigkeit - abgekoppelt von meinem Leben zu sein.

Unfassbar und im Nachhinein, unvorstellbar, zu welchen Wahnsinnstaten dieser Irre imstande war, wenn er sich etwas in den Kopf gesetzt hatte.

Doch er konnte auch sehr charmant und liebevoll sein, mich umgarnen und verzaubern. Umwerfend in seiner Art.

So hatte er zwei Gesichter mit dem Bösen das ihm innewohnte. Er hatte gewiss eine üble Seite.

Doch vielmehr konnte er recht zärtlich und liebevoll sein. Ein sensibler Frauenversteher, der mehr geben konnte, als er nahm, verführerisch und einfühlsam.

Doch hatte er auch eine abgründige Seite.

Alles fügte sich zusammen.

Nun würde er mich suchen und auch finden.

Aber ich habe genug von ihm - will ihn nicht mehr sehen.

Wie gut das sich Robby, der Zeitenlenker noch nicht an seinem Platz, in der Höhle, sondern noch nutzlos in meinem Besitz befand. So war ich sicher vor ihm.

Doch so konnte mich auch Günter, meine heimliche Liebe, so er mich denn suchte, nicht erreichen,

grübelte ich weiter.

„Was ist dir, du bist ja ganz blass - sagst ja gar nichts mehr. Wolltest du mir nicht dein schnuckeliges Haus zeigen?" unterbrach Richard, meine Überlegungen.

„Ja gewiss doch, entgegnete ich zerstreut, doch wie du selbst siehst, ist es zurzeit nicht gerade anheimelnd.

Bedenke, es war lange nicht bewohnt. Ich kann dir nicht einmal einen Kaffee anbieten."

Richard hätte sich ohnehin nicht lange im Haus aufhalten können.

Nach einem kurzen Gang durch mein Refugium, drängte es ihn zur Eile. Auch wenn er gerne noch länger geblieben wäre.

Nach einem wehmütigen Blick auf mich,

murmelte er fragend:

„Ist das nun unser Ende?

Alles ist anders gekommen. Heute früh noch voller Pläne, denn heute wollte ich unsere Verlobung und die folgende Hochzeit bekannt geben.

Noch vor Weihnachten sollte unsere Trauung sein.

„Nun hast du mich so rüde abserviert!"

„Nein, so darfst du es nicht sehen," widersprach ich.

„Deine Pension ist nicht mehr fern. Es liegt allein an dir, wenn du dich überwinden kannst, dein Anwesen aufzugeben und hierherzuziehen, können wir noch so manche glücklichen Jahre zusammen verbringen."

Fügte ich hinzu und meinte doch nicht, was ich sagte.

Denn in dieses Haus gehörte ein anderer Mann - an meine Seite - doch die Hoffnung stirbt zuletzt.

Ich war allein.

Ich sollte happy sein und mich einrichten, doch es fehlte an allem Lebensnotwendigem.

Jetzt benötigte ich selbst den Zeitkanal, denn die
Vorratskammer war leer und mein Magen knurrte.
Ich musste dringend das große Einkaufscenter in der neuen
Zeit aufsuchen.
Dank meiner Aufzeichnungen, die ich in Bücher gefasst
hatte, damals, in einem anderen Leben und in einer kleinen
Nebenhöhle, oben im Berg verstaute, gelang es mir immer
mehr aus meinen früheren Leben zu erfahren.
Doch oft wusste ich nicht mehr, ob es wahre
Erinnerungen waren oder ob nur das Gelesene neu zum
Leben erwachte.

Unglaublich was ich alles erlebt und durchstanden hatte.
Zeitweise erschien es mir wie ein Thriller.
So beschrieben sie und erzählten von der Steinzeit, der
Bronzezeit, dem 13 Jahrhundert bis hin zum 16 Jahrhundert.
Sie gaben mir lebhaft Aufschluss über die Geschehnisse
und Irrwege in die tiefsten Tiefen der Vergangenheit.
Ebenso sehe ich mich als Mitglied einer Sippe, etwa 3000
Jahre vor unserer jetzigen Zeit.
Hühnerfedern rupfend, vor einer Hütte sitzend, während
die Feuer der Kochgruben glühend rauchten.
Ein wenig später befand ich mich in Gefangenschaft des
rüden Räuberhauptmannes, der mich nach einem brutalen

Überfall auf unser Dorf entführt und geraubt hatte.

Dort lebte ich viele glückliche Jahre, bis zu seinem Ableben.

Oder war das alles anders?

War ich nicht freiwillig zu ihm zurückgekehrt, später - viel später?

In einem der Bücher sah ich mich gar als Sklavin von Piraten, aus einem sinkenden Schiff gerettet, als Bauernmagd in den wüsten Bergen der Pyrenäen verschleppt und gefangen.

Darauf folgte meine Flucht, das war um 16 Hundert, las ich, ohne mich daran zu erinnern.

Doch am lebhaftesten erinnerte ich mich an das Leben in der Bronzezeit, als ich müde und überdrüssig der alten Zeit entfloh, um in mein Leben in die Zivilisation heimzukehren, in die Zeit um 19 Hundert.

Jedoch entsann ich mich noch lebhaft, was dann geschah, als ich endlich wieder meine Zeit erreicht hatte.

Denn das war das Ende meines Lebens.

Nachdem ich den Zeitkanal verlassen hatte, barst der Berg donnernd und krachend. Felsbrocken stürzten herab, begruben mich und zerstörten alles Leben unter sich.

So hatte mein voriges Leben sein Ende genommen, ausgelöscht wie eine Kerze im Wind.

Hier endeten meine Aufzeichnungen.

Doch nur wenige Jahre später, fand meine Wiedergeburt

statt, wie der Lauf der Zeit es bestimmt hatte.

Was auch meine lebhafte Erinnerung erklärte.

Da es nicht viele Jahrhunderte, sondern nur eine kürzere Zeitspanne zurück lag.

Doch all meine Bücher gaben mir keinen Aufschluss über die letzte Zeit hier im Hause.

Ich hatte mich wieder eingelebt und notdürftig eingerichtet.

Nach gründlichem durchstöbern aller Winkel,

fand ich schließlich meine vermissten Habseligkeiten auf dem vollgestopften Speicher wieder.

Weihnachten rückte näher. Doch dieses Fest würde ich allein mit Robby verbringen müssen.

Nun, ich werde ihn auf einem Stuhl mir gegenüber am Tisch platzieren. So hatte ich einen Partner zum Reden, wenn er auch stumm war wie ein Fisch, so wusste ich doch, dass er jedes meiner Worte verstand.

Keinesfalls wollte ich die festlichen Tage ohne den traditionellen Braten verleben.

So schleppte ich den stählernen Roboter wie ein Kleinkind den Hang hinauf auf den Berg mit der Höhle, um ihn zwecks des Zeitensprunges, vorübergehend an sein Schaltpult anzuschließen.

Doch vollbeladen mit meinen Einkäufen mit köstlichen Leckereien vom Einkaufscenter aus der Zukunft, vergaß ich,

Robby wieder mitzunehmen.

Als ich meine Nachlässigkeit bemerkte, war es bereits dunkle Nacht.

Auch die folgenden Tage vor Weihnachten hatte ich genug anderes zu tun.

Doch am Heilig Abend, sollte er unbedingt mein, wenn auch einziger Partner sein.

Ich backte und briet, als gelte es, eine ganze Familie zu versorgen. Im Eifer meines Tuns, überhörte ich das zaghafte Klopfen an der Haustür.

Als er plötzlich vor mir stand, fiel mir vor Schreck der Löffel aus der Hand.

Ein verhärmter Greis stand vor mir. Die Ähnlichkeit mit Giesbert, war jedoch unverkennbar.

„Giesbert, bist du es? Aber wie siehst du aus - hat man dich solange gefangen gehalten?„

„Oh, du sorgst dich doch nicht wirklich um mich!" entgegnete er spöttisch.

„Ich war sehr krank, sollst du wissen. Ich vermute, die verfluchten Arzneien haben mich zugrunde gerichtet.

So dass ich den Lebenswillen und jede Freude am Leben verlor - leidend und siech wurde.

Nun bin ich gekommen um zu sterben.

Meine Zeit ist abgelaufen. Irgend etwas hat meine Immunität zerstört. Vielleicht war es auch nur die ungewohnte

Gefangenschaft, die mich gebrochen und müde gemacht hat. Was es auch ist, so fühle ich jetzt mein Ende nahen!

So begrab mich dort, wo du eines Tages begraben werden willst. Ich denke auf dem Friedhof am Schloss, da wo meine Verwanden und Brüder auf mich warten."

„Aber du bist doch unsterblich." entgegnete ich verstört.

„Das dachte ich auch immer, doch nun kann ich nicht mehr essen.

Aber das ist es nicht allein, was mich dem Tode nahebringt. Mein Körper und alle Organe, vergehen mit der Zeit immer mehr - im Laufe der Jahrhunderte. Ich kann mich im Spiegel nicht mehr sehen - werfe keinen Schatten mehr!"

„Ja weis Gott, ich kann beinahe durch dich hindurchsehen, jetzt wo du es sagst. Ich dachte schon, ich habe Halluzination." rutschte es aus mir heraus und ich biss mir erschrocken auf die Zunge.

„Ja du sprichst es aus, meine Unsterblichkeit ist aufgehoben. Ich spüre mein Ende...

So lass mich in deinen Armen sterben, meine Gattin, die du ja für immer bist." murmelte er, mit einem flehenden Hundeblick.

„Du wirst nicht sterben, du bist nur erschöpft und frustriert. Komm mein Freund, ruhe deine müden Glieder aus, gewiss wirst du dich wieder erholen," sagte ich zweifelnd. Ich führte ihn ins Schlafzimmer - begann ihn zu entkleiden und stopfte ihn unter die warme Daunendecke.

„Ich bereite dir eine Wärmflasche und einen heißen Grog.
Schlaf dich aus, dann wird es dir bald bessergehen!"

„Deine Fürsorge rührt mich, aber sie kommt zu spät.
Du hast mich nie gewollt, doch erfülle mir jetzt meinen
letzten Wunsch, das bist du mir schuldig.
Begrab mich auf dem Friedhof meiner Ahnen, so dass ich
nicht heimatlos in fremder Erde in der Ewigkeit ruhe."
murmelte er und schloss erschöpft die Augen.

„Aber was redest du für einen Unsinn, bist du nicht
unsterblich?"

„Ja - ja, das glaubte ich auch immer, doch nun fühle ich mein
Ende nahen. Meine Kräfte erlahmen, die lange Zeit der
Unterdrückung, hat mich gebrochen und mich zerstört
und mir meine letzte Energie genommen.
Etwas in mir ist schon lange gestorben, als hätte jemand
das Licht ausgedreht.
Nun fühle ich die Last der vielen Jahre, die auf meinem
Körper lasten. Ich bin uralt geworden, ein Greis von mehr
als 500 Jahren, runzlig und ausgedörrt. Nun lass mich
schlafen, ich bin so müde des Lebens."

Ich ging und schloss leise die Tür hinter ihm.

Doch meine reuigen Gedanken verfolgten mich, bei allem
was ich auch tat.

Vor langer Zeit hatte man ihn schon einmal in eine Anstalt gesteckt. Damals war er direkt durch das Zeitentor aus dem 13. Jahrhundert, mit Schwert und Degen in das 19. Jahrhundert gestürmt, als er in unbändigem Zorn, seinen Rivalen Günter mit dem Schwert köpfen wollte.

Es wäre ihm auch gelungen, wenn nicht Günters unehelicher Sohn Wolfgang, das Gemetzel verhindert und im letzten Moment den Wütenden mit einem gezielten Pistolenschuss außer Gefecht gesetzt hätte.

Doch er überlebte auch diese, wie auch schon so viele andere Attacken auf sein Leben.

Günter brachte den Übeltäter, bald wieder auf die Beine und umgehend in die psychiatrische Anstalt.

Denn er behauptete ernsthaft, mein Gatte aus dem 13. Jahrhundert zu sein.

Was ja auch stimmte. Doch natürlich glaubte ihm Keiner.

So sah man in ihm, einen psychisch gestörten Irren - einen harmlosen Spinner.

So konnte er bald wieder seiner Wege gehen.

Doch er wollte nicht gehen - ohne mich.

Er erwies sich fortan als Starker - belauerte mich und störte unseren Familienfrieden, so dass ich mich gezwungen sah, ihm in die mir so verhasste Zeit zu folgen.

Nachdem er mich sicher wieder bei sich hatte, entpuppte er sich alsbald wieder als der unverbesserliche Sonnyboy, ein Weiberheld, der es mit der Treue nicht ernst nahm und beharrlich, weiterhin unter jeden fremden Weiberrock griff.

Doch diese unglückliche Zeit, nahm ein böses Ende.

Diese Pein und meine Sehnsucht nach Günter, war so stark, das ich mit einer Flucht - dem unseligen Leben in der falschen Zeit, ein Ende bereitet.

Worauf Giesbert in seinem unbändigen Zorn, wie ein Berserker wütete und das Schloss in Brand steckte.

Doch er fand keine Ruhe mehr.

Seitdem war ich nicht mehr sicher vor ihm.

Obgleich ich lange nichts mehr von ihm hörte und ihn bald aus meinem Leben auslöschte.

Bisweilen glaubte ich, ihn an verschiedenen Orten zu sehen, doch es war wohl eine Sinnestäuschung.

Ach, der unverbesserliche Giesbert, vor nicht allzu langer Zeit, oder war es in einem anderen Leben?

Ich bringe alles durcheinander, als er sich, während eines Maskenballs auf dem Schloss des Grafen, unter die Gäste geschlichen - mich zu einem Tanz aufforderte und mich bedrängte.

Trotz geschickter Maskierung, erkannte ich ihn.

Doch seine ungebetene Anwesenheit flog auf und er wurde mit Schimpf und Schande des Hauses verwiesen.

Ein anderes Mal, lauerte er mir in einer Winternacht auf um mich zu entführen. Doch auch das misslang ihm.

Nun hat es der einstmals lebenssprühende Ritter in mein Bett geschafft. Jedoch, nicht um mich in seinen Armen zu beglücken sondern um in meinen Armen zu sterben..
So würde das Kapitel, das er in meinem Leben spielte, ein unvorhergesehenes Ende nehmen.
Bevor ich mein Nachtlager auf dem Sofa herrichtete, dachte ich: Jetzt sollte ich Robby endlich wieder aus dem Zeitkanal holen, bevor ein ungebetener Gast, wie zum Beispiel Justin das Zeitfenster nutzt und den Weg zu mir nimmt.
Während ich mich in meine Jacke hüllte, hörte ich Schritte und das knarren der Tür.
Sollte Richard mich überraschen wollen?
Langsam drehte ich mich um und sah ihn vor mir stehen.
Mein Herz machte einen Sprung. Ich glaubte einer Ohnmacht nahe.
Nicht Richard, noch Justin war es.
Günter - mein Liebster hatte endlich den Weg zu mir gefunden.
Nach einem kurzen Moment der ungläubigen Überraschung, fielen wir uns glückselig in die Arme. Oh wie köstlich die innige Berührung - in seinen Armen zu liegen.

Die Zeit stand still. Es gab nur noch uns.

„Endlich habe ich dich gefunden, nun bleiben wir für immer zusammen," murmelte er glücklich.

Unsere Lippen fanden sich zu einem ersten scheuen Kuss.

Doch der Teufel wollte es, das ausgerechnet in diesem Augenblick, eine krächzende Stimme aus dem Schlafzimmer ertönte.

„Carla - mir ist so kalt, wärme mich!".

Urplötzlich war der knisternde Moment vorbei.

Er löste seine Arme von mir und schob mich brüsk von sich.

Mit einem Satz sprang er über die Diele und stieß die Tür zur Kammer auf.

„Das also ist dein neuer Lover!" stieß er spöttisch hervor.

„Aber siehst du denn nicht, das er kaum noch mehr ist wie ein Schatten? Er braucht mich jetzt," rief ich verzweifelt.

„Ich sehe genug." fauchte er.

„Du deutest alles ganz falsch, ich bin ihm seinen letzten Wunsch schuldig. Verstehst du das denn nicht?"

„Ah - ja ich verstehe. Das mit uns wäre auch zu schön um wahr zu sein."

„Nein, du verstehst gar nichts. Es ist anders als du denkst." stammelte ich verzagt.

„Bah - das ist doch alles ganz eindeutig. Ich hatte ja die Befürchtung - der - aeh, na ja, dieser aufdringliche Bursche - wie hieß er noch? Justin, der wäre zurückgekehrt und hatte dich auf dem Silbertablett vorgefunden.

Nun ja, alte Liebe rostet nicht.

Aber mit dem da, habe ich nicht gerechnet.

So wärme ihn bis er glüht.   Nun - das mit uns hat nicht sollen sein. Schade - schade."

Waren seine letzten Worte, ehe er fluchtartig das Haus verließ.

Ich war am Boden zerstört. Die Welt stürzte ein.

Ich versank in ein tiefes schwarzes Loch.

Drei Tage trauerte ich meinem verlorenen Traum hinterher.

Nachdem alles verloren, mein Lebensglück wie eine Luftblase zerplatzte, war ich bereit, einen neuen Weg einzuschlagen.

Ich überwand meine Trauer und richtete meinen romantisch, verklärten Blick in die Realität.

Warum musste es gerade dieser Eine sein, wo doch die Welt voll ist von tollen Klasse Männern.

Es muss gewiss kein Doktor oder Graf sein.

Ebenso konnte ein einfacher Handwerker, Landwirt oder Kaufmann mein Herz erobern.

Ich musste nur die Gelegenheit beim Schopf packen, wie zum Beispiel bei einem Ball auf dem Schloss, den ich mit Sicherheit nicht mehr ausschlagen würde.

Denn just an diesem Tag, flatterte mir eine Einladung zu dem

großen Maskenball ins Haus, in dem Richard schrieb:
Ich hoffe du hast dich indessen besonnen und wirst mir ein
belebendes Beisammensein nicht ausschlagen, bis dann,
in immer währender Liebe, Sehnsucht und Hoffnung,
dein Richard."

Günter plagten nach seiner überstürzten Flucht aus dem
Haus seiner Liebsten, welches ja eigentlich sein Haus war,
ernsthafte Bedenken.
Jetzt reimte sich einiges, was sie sagte zusammen, je mehr
er darüber nachdachte, ergab es ein verständliches Bild.
Denn war es nicht der mittlerweile 500 Jahre alte Giesbert,
den er im Nachhinein, kränklich und ausgezehrt in seinem
Bett erkannt zu haben glaubte?
Er sollte umkehren und alles wieder ins Lot bringen.
Doch in seiner Unsicherheit und Scham seines unüberlegten
Handelns der bösen Worte, verschob er es auf später.

Kapitel 4: Das Leben ruft

Diese Einladung kam mir sehr gelegen.

Oh ich kann auch anders, als die tragische Figur der leidenden Büßerin zu verkörpern.

Das Leben hat mich alle Fassetten des typischen, menschlichen Verhaltens gelehrt.

Freilich nahm ich die Chance, die sich mir bot, bereitwillig an.

War ich auch zunächst im Schleppnetz von Richard.

So löste ich mich bald zur eigenständigen Person.

Ich tat mich nicht hervor, gab mich gleichgültig, unergründlich meinen neuen Anbetern gegenüber.
Ich wedelte kokett wie ein Kätzchen, schnurrend mit dem Fächer, ohne auf eine der übertriebenen Schmeicheleien der verliebten Gecken,

die mich umringten, einzugehen. Es war ein Spiel mit dem Feuer.

Eine Traube erlebnishungriger Jünglinge, die sich um die exotische Unbekannte, wie zu einer Göttin aufblickend, scharten.

Darunter befand sich auch der nicht mehr ganz so junge Albert. In nicht mehr zarten Jünglingsalter, noch immer Junggeselle - der ewige Verlobte - Albert, der bei ihrem Anblick sogleich hingerissen - in Flammen stand.

Solch ein Weib war ihm mit seinen fast dreißig Junggesellen Jahren nicht begegnet.

Ihrem Zauber erlegen, konnte er kaum widerstehen, ihr etwas Albernes zusagen.

Vermutlich würde er sich der Belustigung und dem Spott der anderen aussetzen, der Worte die auszusprechen in ihm brannten.

Denn sie schien mit ihrem hüftlangen Feen Haar und dem zauberhaften Prinzessinengewand aus Tüll und Spitzen, direkt aus dem verwunschenen Märchenland zu kommen.

Logisch - sie kam ja auch aus einer anderen Welt - oder der Zukunft.

Was ja keiner ahnen konnte.

Doch ihm erschien sie eher wie eine mystisches Zauberwesen. Von ihrem Anblick ergriffen und fasziniert, schwieg er benommen - seine Emotionen unterdrückend.

Sollten die anderen nur weiterhin ungläubig glotzen.

Er würde Nägel mit Köpfen machen und sie erobern.

Der ehrenwerte Schulmeister, ihr angeblicher Bräutigam,
könnte ehr ihr Großvater sein.

Der passt gar nicht zu solch einem lebenssprühenden,
sinnlichen Weib, dachte er.

In dem Gewirr der unzähligen jungen Burschen, die mich
anhimmelten, war er mir gar nicht aufgefallen.

Meine Fans - hätte ich noch vor ein paar Jahren in der
anderen Zeit, schmunzelnd gesagt, als meine Fotos glitzernd,
als lebensgroße Plakate überall erschienen.

Doch keiner hatte mich wirklich gekannt - mich,
die geheimnisvolle Ikone - damals.

Doch jetzt und hier, war ich völlig unbekannt, ein
unbeschriebenes Blatt.

Ich musste mich zurück halten und auf meinen Partner,
der mich in diese Kreise geführt hatte, besinnen.

Bevor ich geheimnisvoll lächelnd meine Röcke raffte
und davon schwebte, spürte ich bei einem flüchtigen Blick
zur Seite zum anderen Ende des Saales, die brennenden
Augen Günters, auf mich ruhen.

Blicke die mich zutiefst erschütterten und mich verbrannten.

Ein Feuer explodierte in meinem Kopf.

Wie er sich von den anderen unterschied.

Mein Gott, was für ein Klasse Mann - groß, breit

und stattlich - eben ein ganzer Kerl.

Gar nicht zu vergleichen mit den verzärtelten Gecken.

Und diese blitzenden Augen, in denen sich Kummer,

Leid und Wissen, doch auch ein Funken Ironie,

wiederspiegelten.

Entgegen der Etikette, stand er Hemdsärmlich, nur mit einer

Weste über dem Hemd, mit leger umschlagenem Revers,

lässig und cool, wie Kirk Douglas einst, neben dem korrekt

heraus geputzten Onkel.

Den Frack hatte er längst abgelegt. Doch gerade so, wirkte

er erotischer auf mich, als ein Aktfoto im - Playboy - mein

Apollo.

Nur mit äußerster Willensanstrengung, konnte ich dem

Impuls, zu ihm zu laufen, wiederstehen.

Doch um ihn, für die Zurückweisung zu kränken

und aufzupeitschen, gönnte ich ihm nur ein kurzes Nicken

und richtete mein Augenmerk und meine Aufmerksamkeit,

auf den schon ungeduldig warteten Richard.

Ich durfte ihn nicht vergrämen und gesellte mich,

pflichtschuldig zu ihm.

„Du hast mich ganz schön vorgeführt. Ich dachte schon,

du hättest mich vergessen," brummte er beleidigt,

auf dem Rückweg.

„Ach das darfst du nicht ernst nehmen." wisperte ich

und kuschelte mich an ihn.

„Es war doch nur ein Spiel. Ich war so ausgehungert nach
Geselligkeit. Du hast mich ja so lange allein gelassen.
Ich war so einsam ohne dich!"

„Hm - nun ja, das kann ich verstehen. Doch das wird sich
bald ändern." fügte er, vielsagend hinzu.

„Bald werden wir für immer zusammen sein." sagte er,
nachdem er mich abgesetzt hatte und bevor er sich wieder
auf den Weg zurück machte.

Ich winkte ihm lachend nach und hatte ihn im nächsten
Moment schon wieder vergessen.

Giesbert hatte ich unterdessen sträflich vernachlässigt.
Doch was hätte ich tun sollen?
Er wies eh, all meine Versuche, ihn zum Aufstehen
und zum Essen zu bewegen, ab.
Selbst die feinsten Delikatessen und das zarteste Fleisch,
verschmäht er, dachte ich, auf dem Weg zu ihm.
Als ich die Tür öffnete, stach mir ein unangenehmer Geruch
entgegen. Ein Blick auf sein starres, eingefallenes Gesicht,
genügte und ich wusste, dass er den Schlaf der Ewigkeit
schlief.
So hatte er den Weg zur ewigen Ruhe, zu seinen Vorfahren
und Urenkeln gefunden.
Nun ruhte er auf dem Kirchhof, hinter dem Schloss, zwischen

seinen Vor und Nachfahren, die so lange schon - viele Jahrhunderte in der kühlen Erde ruhten.

Die Überführung und Beisetzung fand in aller Heimlichkeit statt.
So war zu verstehen, dass kein anderer außer mir, seinen letzten Weg begleitete.
In sentimentalen Erinnerungen, vergoss ich ein paar Tränen, im Angedenken an den einst so stolzen Ritter.

Kapitel 5: Spiel des Lebens

Seit dem denkwürdigen, ersten Abend auf dem Schloss, erhielt ich pausenlos Einladungen zu allen möglichen Anlässen.

So wurde mir prompt, ohne eine Antwort von mir zu erhalten, die Grafen - Kutsche geschickt.

Wie konnte ich da „Nein" sagen.

Ich ahnte, wer die Einladung mit dem gräflichen Siegel verschickte.

Günter war es, der seine harten, kompromittierend vernichtenden Worte und seine überstürzte Flucht vor mir, indessen bitter bereute und seither keine Ruhe mehr fand.

So blieb es nicht aus, dass wir uns wieder näherkamen.

Doch hinter den wachsamen Augen des Grafen, kamen wir uns nicht nahe genug.

Er beobachtete uns mit Argusaugen. Er fühlte sich wohl verantwortlich, in der Anwesenheit seines Freundes Richard, für die gebührende Moral zu sorgen.

Doch gegen ein harmloses Gespräch, zwischen Günter und mir, konnte er nichts einwenden.

Günter erwartete mich gewöhnlich schon in Ungeduld und aufgewühlter Erregung.

„Oh liebste Carla, verzeih mir doch meinen Fauxpas."

„Ja - ja, ich verzeih dir, aber glaub nicht, dass du nun

augenblicklich die Nummer eins in meinem Leben bist.
Denn das musst du dir erst verdienen!"
„Oh du quälst mich unerträglich. Was sollte ich denn denken,
als ich den Kerl in deinem Bett vorfand?"
„Ach, du meinst den armen Kerl, der nur zum Sterben zu mir
gekommen ist?
Du hättest sehen müssen, wie siech und elend er war!
Nun ruht er schon Wochen auf dem Friedhof!"
„Oh wie dumm von mir, dich in einer heißen Liebschaft
geglaubt zu haben.
Aber alles war so eindeutig. Nun bereue ich all die hitzigen
Worte, in krankhafter Eifersucht, ausgestoßen zu haben."
„Ja - du hast mich sehr gekränkt und mir den Boden unter
den Füßen fortgerissen," betonte ich, erleichtert aufatmend.
„Was wird nun mit uns?" fragte er zaghaft.
„Du lebst in meinem Haus, doch ohne mich, das kann nicht
sein. Und was verbindet dich mit diesem eingebildeten
Richard, der dich auf dem letzten Fest so besitzergreifend
behütet hat?"
„Ach der gute Richard ist gewiss nicht mein Herzbube,
sondern eher ein Lückenfüller, dem ich allerdings sehr zum
Dank verpflichtet bin.
Er war der Retter in meiner größten Not
und erhofft sich - eines Tages mehr...
Um ehrlich zu sein, weis ich nicht so recht, wie ich aus der

heiklen Angelegenheit wieder herauskomme." fügte ich, nachdenklich hinzu.

„Genug jetzt der Sentimentalitäten.

Sieh nur, wie der Onkel uns mit seinen Augen durchbohrt.

Ich muss jetzt gehen und ihn beseuseln. So leid es mir tut, doch ich weis, unsere Zeit wird noch kommen. Also bis bald." wisperte ich bedauernd und eilte davon.

Ich muss ihn noch ein wenig zappeln lassen, dachte ich bei mir.

Günter fuhr seine Krankenvisite, auch in meiner Umgebung.

So verweilte er gern bei mir zu einem Tässchen Kaffee, manchmal auch zum Mittag oder Abendessen.

Da er in diesem Winter eine wahnsinnsgroße Patientenschar zu betreuen und nach Möglichkeit zu heilen hatte, steckte er im Vollstress und konnte sich nie lange bei mir aufhalten.

Als der Frühling nahte, fand er sich eines Abends, nach getanem Tageswerk, bei mir ein.

„Heute wird unser Abend - unsere Nacht. Der Alte ist auf Reisen und seinen Spion, der mich beobachten soll, habe ich bestochen."

Er packte eine Flasche Wein aus und schloss mich in seine Arme.

Kribbeln im Bauch und Rücken. Hitze bis in die Schläfen,

das Rauschen in den Ohren, benebelte meine Sinne
und ließ mich davon gleiten in eine andere Sphäre.

Richard hatte sich zu einem spontanen Besuch auf dem
Schloss eingefunden, worauf der Graf seine Reise verschob.
Sie saßen vor einem guten Tropfen Cherry beisammen.
Der Abend senkte sich bereits, als der Graf unvermittelt
herausplatzte.
„Ich fürchte, deine Braut geht auf Abwege."
Richard, der auf seinem Überraschungsbesuch, die Nacht
auf dem Schloss verbringen wollte, um am nächsten Tag,
weiter zu reiten, um endlich seine Angelegenheiten mit ihr
zu klären und Nägel mit Köpfen zu machen, erschrak,
bei diesen ungeheuerlichen Verdächtigungen und verlangte
Aufklärung.
„Was sagst du da - wie meinst du das?"
„Nun, es ist schon spät und unser werter Doktor ist noch
immer nicht eingetroffen! Vermutlich verbringt er die Nacht
bei ihr!"
„Du glaubst doch nicht im Ernst, dass er - das die beiden...
das kann ich nicht glauben!"
„Ach du naiver Träumer, hast du denn nie ihre heißen Blicke,
die sie sich zuwerfen, bemerkt?"
„Nun ja, sie flirtet gern mit dem anderen Geschlecht.

Aber das hat nichts zu bedeuten." redete er sich heraus.
„Du bist zu gutgläubig, mein Freund, willst du denn gar nicht
sichergehen, was sie in deiner Abwesenheit so treibt?
Raff dich auf, jetzt sofort, so wirst du es selbst sehen!"
„Das kann ich nicht glauben, das sagst du doch nur, weil du
selbst ein Auge auf sie geworfen hast und die Eifersucht dich
plagt." entgegnete Richard, ärgerlich.
„Wenn ich es dir doch sage. Diese beiden sind ineinander
verschossen, es sollte mich nicht wundern, wenn diese Circe
den Jungen zur Süde ermutigt. Las uns sie überraschen.
Nun - los mit dir!"
„Jetzt?"
„Ja, so wirst du es selbst sehen!"
„Aber es wird bald dunkel und..."
„Ach, du ewiger Zweifler, bei dir muss alles nach Plan
ablaufen, aber so warst du schon immer!
Auf meinen beiden Rennpferde können wir die Strecke
in wenigen Stunden bewältigen und noch heute Nacht
wieder zurück sein. Zudem ist es Vollmond."

Ein paar Stunden später, erreichten sie das Haus am Berge.
Dort erkannten sie sogleich Günters Pferd im Hof.
Sie stürmten das Haus und stießen ohne Umstände die Tür
zum Schlafgemach auf.

„Wahrhaftig, ich sehe es mit eigenen Augen," stieß Richard, fassungslos hervor.

Es sollte unser Abend werden, unser erstes Mal.
Die romantische Stimmung, steigerte sich in berauschende Sinnlichkeit - wonniger Vorspiele.
Die Luft knisterte vor spritziger Erotik und lustvoller Erwartung. Ein süßer Kuss, tastende Hände.
Hingabe der überwältigenden Gefühle - glühende Hitze, breitete sich aus.
Ein kalter Luftzug, die Tür flog auf.
„Da siehst du es selbst!"
„Bei Gott - ich sehe die Sünderin, die - die Verführerin.
Das dürfen wir nicht geschehen lassen. Ist sie nicht meine Braut vor Gott?
Haltet ein oder ich muss meinen Degen gebrauchen," knurrte Richard gefährlich. Auseinander ihr - ihr...
lass auf der Stelle die Frau los, du Wüstling," wütete Richard.
„Halt dich zurück, du Sittenstrolch," rief der Graf dazwischen und wollte Günter packen.
„Hände weg, du Heuchler," fauchte Günter ungehalten.
„Ausgerechnet du willst mir Moral predigen, wo du doch das halbe Dorf mit deinen Bastarden bestückt hast.
Was fällt euch ein unangemeldet in mein Haus zu stürmen!

Verlasst es auf der Stelle, das ist mein Haus und meine Braut - sie gehört zu mir - nur zu mir." polterte Günter und baute sich drohend vor dem Rivalen auf.

„Sei friedlich, Junge," versuchte der Graf ihn zu beschwichtigen.

„Wir werden sie jetzt mitnehmen, fügte er hinzu, sie kann im Schloss eine Suite bewohnen, bis zur Hochzeit mit Richard!" bestimmte der Graf.

„Oh nein, sie wird das Haus nicht verlassen. Ich werde mit euch gehen! Und nun macht euch davon," polterte er mit geballten Fäusten.

„Und du mein Schätzchen, sagte er sanft, ängstige dich nicht, dir wird nichts geschehen, so wahr ich hier stehe!"

Ein letzter liebevoller Blick, erreichte mich noch, bevor sie zögernd das Haus verließen.

Eine neue Gelegenheit, uns zu sehen, ergab sich wenig später auf dem Schloss des Onkels.

Im Begrüßungstrubel, nutzten wir die Zeit und Gelegenheit, ein paar Worte zu tauschen.

Ich war noch immer aufgebracht und frustriert.

Den Onkel sah ich seitdem, als infamen, ehrlosen Nestbeschmutzer.

Doch ich ließ mir nichts anmerken, stellte mich ihm gegenüber, als die bereuende, Geläuterte.

Plötzlich entsann ich mich, noch viel ärgerer Schandtaten und hinterhältigen Intrigen von ihm.

Meine Rache würde später kommen...

Nach dem grässlichen Abend - dem unverschämten Überfall der beiden Männer in mein Reich, hatte ich einen endgültigen Entschluss gefasst, dem unwürdigen Hin und Her, ein Ende zu bereiten.

Anstatt einer Liebeserklärung auf die Günter wartete, platzte ich mit den verheerenden Worten heraus:

„Ich habe alles versucht, der Zeit ein Schnippchen zu schlagen, sie zu überlisten. Jeder Versuch ist jedoch fehl geschlagen - den Anfang unserer Zeit, früher herbei zu führen. Gleichwohl ist es aussichtslos.

Es kommt doch alles wie vorbestimmt.

So wie meine Wiedergeburt nur an dem einen Tag, stattfinden kann. Ich weis dass unsere Zeit noch nicht gekommen ist." sagte ich bedauernd.

„Wer bestimmt das?" rief er leidenschaftlich aus, packte mich an den Schultern und um mich an sich zu ziehen.

Doch ich versteifte mich und fuhr unbeirrt fort.

„Alles ist vorbestimmt - die Zeit bestimmt über uns!"

„Soll das heißen, du gibst auf, ohne zu kämpfen?

Du servierst mich ab, als wäre ich nur ein Abenteuer
für dich!" fuhr er auf.

„Ja, so ist es, denn du bist zurzeit tatsächlich nicht mehr,
als eine Vision. Nun vergiss, dass du mich gesehen hast,
vergiss alles was ich im Gefühlsdusel sagte.

Vergiss unseren ersten Kuss - unsere Nacht, die nicht sein
durfte und kein glückliches Ende fand."

„Nein, niemals!" brauste er auf und schüttelte mich.

„So sei doch vernünftig, alle schauen schon auf uns."
Ich versuchte ich ihn zu besänftigen.

„Trinken wir noch einen Scheidebecher in Muße.

Also auf das, was noch kommen wird - zu gegebener Zeit.

Wenn es so weit ist, sehen wir uns bestimmt wieder!

So lebe denn wohl, mein einziger Liebster!"

„Aber du kannst doch nicht so einfach gehen.?"

„Doch ich kann - ich muss, sonst gibt es nur Trauer,
Schrecken und Enttäuschung ohne Ende.

In acht oder zehn Jahren erst, ist unsere Zeit." fügte ich,
bedauernd - schulterzuckend hinzu und erhob mich.

In meinem Kopf war alles tot. Wie erstarrt, schwebte ich
durch den Raum, das Lachen und Gejohle,
klang wie Spott in meinen Ohren.

Ich sah nicht mehr zurück, konnte es nicht ertragen, mein Liebstes dieser Welt - diesen wunderbaren, einmaligen Mann, niedergeschmettert, mit hängenden Armen, fassungslos, mir nachblicken zu sehen. Keiner sah meine erdrückende Trauer und Pein - hinter dem verdeckenden Schutz meines Fächers. Keiner ahnte meine ungeweinten Tränen, die mich aufwühlten, als ich quer durch den Saal entschwebte und mich zu dem Onkel gesellte, der uns schon geraume Zeit beobachtete.

Doch ich konnte das falsche Lächeln auf seinem feisten Gesicht nicht länger ertragen.

Von Mitleid und unsäglicher Traurigkeit gebrochen
und gepeinigt, verlangte ich nach einer Kutsche,
die mich heimbringen würde.
Oh mein Gott, wie sollte ich diese lange Zeit überstehen?
Doch es half alles nichts, ich musste diese Zeit und mein
geliebtes Haus, so schnell wie möglich verlassen.

Kapitel 6: Das Höllentor

Ein Neffe des Onkels, der mich schon lange mit verliebten Blicken verfolgte, kutschierte mich nur zu gerne, anstelle des persönlichen Kutschers des Grafen, nach Hause.
„Wann darf ich dich wiedersehen, meine angebetete Schöne?" flötete der der junge Albert hoffnungsvoll, während er mir galant aus dem Wagen half.
„Oh, ich kann sehr hartnäckig sein - egal was du jetzt sagst, werde ich übermorgen, hier auf dich warten."
fügte er grinsend hinzu, als er von mir keine Antwort bekam, sondern nur ein genervtes Kopfschütteln erhielt.

Wie schade um die kostbare Zeit, die nun sinnlos verstreichen würde ohne ihn.
Doch das Wissen, um die Nähe meines Liebsten, könnte ich nicht anders ertragen.
Nun - Robby, würde mich in jede von mir gewünschte Zeit beamen.
Den folgenden Tag, verbrachte ich mit dem packen meiner nötigsten Habseligkeiten.
Zu viel Gepäck, würde mich auf meinem Weg in die Vergangenheit belasten. Ich hatte vor, das Dörfchen am Berge, in der Bronzezeit, wo ich meine alten Freunde wusste, für eine Zeit aufzusuchen.

So waren Seife, Deo, Waschpulver und vieles was es dort
nicht gab, ansagt..

Welche Freude, uns wieder zu sehen, würde es geben.

Zwei Tage darauf, stand der junge, smarte Albert mit einem
Einspänner vor dem Tor.

Er wartete geduldig zwanzig Minuten, bis er sich mutig
entschloss, an der Tür zu klopfen.

„Ach Albert du? Was willst du? Du störst mich mitten
in meinem Aufbruch. Aber wenn du schon einmal hier bist,
so kannst du mir behilflich sein, mein Gepäck
zu transportieren. Doch ich fürchte, dir fehlt der Mumm,
an einen dir unbekannten Ort, mit mir zu gehen"

Bah - und was sollte das für ein unbekannter Ort sein,
der mich fürchten lässt?!"

„Ich begleite dich an jeden Ort, wohin immer du gehen
magst.

Glaubst du etwa, ich wäre ein Angsthase und ein Weichei,
ohne Mumm, so wie meine verweichlichten Cousins?"

„Na gut, wie du meinst, wir werden schon sehen.
So kannst du deinen Mut beweisen."

Beflissen trug er mein Gepäck hinaus und wollte es in seinen
Wagen verstauen.

„Nein, nicht in den Wagen, den benötigen wir nicht."

„Aber wo geht es denn nun hin, meine Schöne?"

„Oh - es ist nicht weit, sieh nur, dort hinauf!"

„Auf den Berg etwa? Aber das ist doch der verhexte Berg,
du machst wohl Witze?"

„Ha - ich wusste doch, dass du ein Feigling bist,
fürchtest dich vor einem Berg," antwortete ich spöttisch.

„So schleich dich feige davon!"

„Nein, ein Feigling bin ich gewiss nicht. Wenn du es wagst,
die Höhle zu betreten, so werde ich es auch tun.
Aber warum muss es ausgerechnet dieser Berg sein?"
fragte er, verständnislos.

„Frag nicht lange, sondern handele oder geh. Du wirst bald
sehen!"

Schnaufend schleppte er das Gepäck auf das Plateau
und starrte in die dunkle Höhle.

„Nun komm schon, trau dich hinein!" ermutigte ich ihn.
Ich sah sein Zögern und sagte: "Noch kannst du umkehren,
es ist deine Entscheidung."

Zögernd betrat er dennoch die Höhle, deren Tor sich
unmittelbar hinter uns schloss.

Wie kann eine Höhle sich plötzlich schließen? dachte er.

„Buh, ich habe niemals einen scheußlicheren Ort wie diesen
betreten." brummte er und schüttelte sich vor Grauen.

„Robby, beame uns in die Vergangenheit, du weist schon
in welche Zeit. Nur fort aus dieser Zeit, die mir nur Unglück
beschert hat." befahl ich, Robby - dem Zeitenlenker.

„Oh je, wenn das nicht die Hölle ist? Was geschiet hier mit mir?" rief mein Begleiter, entsetzt.

„Mit dir wird gar nichts geschehen. Das hier ist der Bahnhof in alle Zeiten - das Zeitentor - die Flügel der Welt.
Wir machen eine Reise in die Vergangenheit!"

„Oh, ich hätte es wissen müssen. Du bist nicht nur eine Circe, sondern eine Hexe.
Du hast einen Pakt mit dem Teufel geschlossen. Ich soll nun geopfert werden!" fügte er, weinerlich hinzu.
Während das Tor sich wieder öffnete.

„Welch ein Unsinn. Nun reiß dich zusammen." entgegnete ich ärgerlich und zog ihn hinaus ins Freie.

„Wir gehen lediglich über eine Brücke in eine andere Zeit, oder poetisch betrachtet, in eine andere Welt.
Sieh nur, wie schön es hier ist!"

Kapitel 7: Der Unverbesserliche

Einige Zeit vorher.

Justin hatte es längst bemerkt. Der Zeitenkanal, welcher ja
nur mit Robby, dem Zeitenlenker seinen Zweck erfüllte,
funktionierte wieder.

Nun war sein Weg wieder offen.

Sie lebte, hat er erleichtert festgestellt. Er hatte sie gesehen.
Das genügte vorerst.

Er sollte sich erstmal eine längere Zeit von ihr fernhalten.

Mit der Zeit, würde ihr Groll gegen ihn, schon verrauchen.

Nach dem grässlichen Unglück, als er sie Tod glaubte,

zog es ihn unwiderstehlich, wieder in die alte Zeit,

von der aus - was alles so schrecklich endete - seinen Anfang
genommen hatte.

Er bereute zutiefst seine hässlichen Worte im Zorn
ausgesprochen, als sie ihm im All ihre Abneigung und ihren
Hass entgegen spie und mit den Worten ergänzte:

„Was bist du? Der Teufel oder nur ein verwirrter
Wahnsinniger?"

Was ihn traf, wie ein Keulenschlag.

Damals, als sie am Rande ihrer psychischen Kraft, lieber aus
dem Leben scheiden wollte - als seine Gegenwart noch
länger ertragen zu müssen.

Anstatt sie zu besänftigen, setzte er noch einen üblen Spruch drauf.

„Ja geh nur, spaziere nur einfach ins All.
Doch eine Sünderin wie dich, braucht der Himmel nicht, gefallene Engel werden aus dem Himmel geworfen!"
Das war unverzeihlich und hätte nie gesagt werden sollen.
Nun hoffte er, das sie in ihrer Erregung, dieses biblische Zitat nicht wahr genommen hatte.
Hier, an diesem Ort, nach dem er sich so sehnte, den er endlich wieder betreten konnte.
Hier war er einst happy mit ihr, in dem behaglichen Haus.
Bis er eines Tages hinausgetrieben wurde.
Der Neffe des Grafen, dieser biedere Streber, beanspruchte es für sich. Oh - wie er diesen Typen hasste.
So vermied er es zunächst, das Haus aufzusuchen.
Selbst wenn die Möglichkeit bestand, dass sie wieder in dem Haus wohnte, so mit Sicherheit mit ihm!
Auch wenn er ihn noch nicht gesehen hatte.
Er wusste aus seinen erfahrungsreichen Erinnerungen, dass diese Beiden, für einander bestimmt sind.
Doch es konnte ja sein, das der naive Günter, noch nicht den Weg zu ihr gefunden hatte.
Möglicherweise wusste er gar nichts von ihr.
Er allein wusste von der fast 400 Jahre währenden zärtlichen Bindung - großer Liebe der beiden.

Denn sie alle waren gestorben und zu einem neuen Leben geboren.

Freilich war ihre glückliche Zeit, miteinander von Unterbrechungen gespickt. Immer dann, wenn er mit viel List, seinen Charme, als unwiderstehlicher Dandy, spielen ließ und einwirkte.

Doch nicht nur seine erfrischende Anziehungskraft, sondern ebenso die erotisch, sinnliche Ausstrahlung Carla's, - ließ sie immer und immer wieder zu heimlichen Liebesabenteuern zusammenfinden.

Alles würde sich mit der Zeit wieder einrenken.

Er hatte das Haus aus sicherer Entfernung von oben im Berge, unter die Lupe genommen und „Sie" gesehen.

Mein Gott, noch immer hatte er dieses alberne Herzklopfen und Schmetterlinge im Bauch, wenn er sie sah.

Das würde sich auch in den nächsten Hundert -Jahren nicht ändern.

Als er durch das Glas, so nah ihr liebliches Gesicht erblickte, meldete sich augenblicklich sein schlechtes Gewissen.

Er hatte ihr übel mitgespielt. Nun wäre es gut gewesen.

Doch es trieb ihn, weiterhin, ihr Haus zu beobachten.

Bis er eines Tages von seinem Aussichtsposten, einen einsamen Reiter, sich dem Anwesen nähern sah.

Der Fremde öffnete das Tor und ließ seinen Gaul im Hof stehen.

Ohne lange zu zögern, betrat er das Haus.

So vermutete Justin einen Liebhaber.

Es war Richard, der mich trotz oder eher wegen des eklatanten Zwischenfalls nun häufiger aufsuchte.

Der Kerl hielt sich viel zu lange im Haus auf.

Was Justins Wut auf den anderen, zum Sieden brachte.

Na warte Bürschchen, du wirst mir meinen Augenstern nicht abspenstig machen, grinste er boshaft, während sich in seinem Kopf eine üble Schandtat formte, welche er umgehend in die Tat umsetzte.

So spannte er ein feines kaum sichtbares Syntetikseil im Wäldchen von Baum zu Baum über den Weg, welchen der Fremde gekommen war.

In Erwartung des baldigen Wiedersehens, trieb Richard sein Pferd an.

Die Entfernung, die sie trennte, war auf die Dauer zu weit, zumal er sich nicht überwinden konnte, seinen behaglichen Wohnsitz aufzugeben, da wo ihn jeder achtete und respektierte.

Hier war er ein Niemand - nur der Mann von einer Gestrandeten - ohne Vergangenheit.

Er war nicht mehr der Jüngste und spürte seine lahmen Knochen.

Seit dem Ableben seiner Gattin, hatte er ein untadeliges Leben geführt. Doch diese Frau reizte ihn - weckte alte Gefühle. Ein überaus reizvolles Geschöpf, das ein Mann gerne an seiner Seite hatte, um sich mit ihr zu schmücken, sie zu schützen und behüten, dachte er, in zärtlicher Anwandlung.

Nun konnte er es kaum erwarten, sie im Bett zu haben, sein abgekühltes Blut, hatte ihn nie zu unüberlegten Ausschweifungen getrieben.

Denn da er sein Leben lang Zucht und Moral gepredigt, was sein Drang zur angebrachten Zurückhaltung erforderte. So hatte er sich all die Jahre in Keuschheit geübt.

In Wahrheit aber, hatte jedoch seine Libido längst nachgelassen, was er sich nicht eingestehen mochte.

Er konnte warten.

Nächstes Mal, wenn er zu ihr käme, überlegte er auf dem Rückweg, würde er für Klarheit sorgen und ihr einen Antrag machen, nahm er sich vor.

Alles hing dann von ihr ab - ob sie jemals ein Paar würden.

Ach ja, eine so hinreißende, schöne Frau zufrieden zu stellen, würde ihn womöglich überfordern, grübelte er, während er in großer Eile durch die Dörfer preschte.

Bald würde es dunkel sein. Er musste nur noch den Wald

passieren, dann würde er bald das Schloss erreichen,
wo er zu übernachten gedachte.

Als das Pferd urplötzlich stieg und sich aufbäumte,
die Vorderbeine in die Höhe hebend, ihn im hohen Bogen
abwarf. So das er - wie auch das Pferd, wie ein Felsstein
stürzte und das Pferd augenblicklich verschied.

Während er selbst rücklings mit dem Kopf auf einen Findling
aufschlagend, nur noch wenige Minuten verwirrt den
Himmel schaute und röchelnd sein Leben aushauchte.

Ein Schädel und Genickbruch beendete sein Leben.

Die Sommerabende sind so unendlich lang, wenn man
alleine ist.

So zögerte Günter die Heimfahrt hinaus, um im Dorf
bei einer jungen Patientin, die zwar halbwegs genesen,
noch ein letztes Mal nachzusehen.

Bei der Gelegenheit wollte er auch noch nach Carla schauen.

Er hoffte, sie noch anzutreffen, bevor sie aus seinem Leben
verschwand, wohin auch immer...

Von weitem schon, sah er den Gaul Richards hinter dem
Hoftor stehen.

Verdammt - der also ist ihr lieber als ich.

Mit unbändiger Wut im Bauch, biss er die Zähne zusammen
und wendete sein Pferd in die andere Richtung.

Dorthin, wo ihm die 17 - jährige, kesse Bauerntochter erwartungsvoll die Tür öffnete.

„Oh Liebster Herr Doktor, mir ist noch immer nicht recht wohl, komm nur rasch herein und heil mich."

„Mach dich frei, ich werde dich abhorchen," er setzte das Stethoskop an und lauschte ihren Atemgeräuschen.

Derweil sie das Kleid über die Arme zu Boden gleiten ließ.

„Oh Doktor, mir ist so kalt - ein Schüttelfrost - so wärme mich."

Sein Zorn wandelte sich augenblicklich in wilde Begierde.

Er zog sie an sich und wärmte ihren Rücken, wärmte ihre Arme - wärmte ihren bloßen Schenkel bis sie glühte.

Zu spät kam ihm die Einsicht und die folgende Ernüchterung, etwas Unverzeihliches getan zu haben.

Ohne ein zärtliches Wort zum Abschied, verließ er fluchtartig das Haus, doch diese wenigen Minuten sündiger Lust, sollten Folgen haben...

Oh - je, was habe ich in meiner Verwirrung getan.

Doch die Tatsache, dass sie keine Jungfrau mehr war, ließ ihn sein Vergehen, als nicht gar so unritterlich erscheinen.

Nun hatte er Eile, den Ort zu verlassen.

Ohne noch einmal zu schauen, ob Carla noch Besuch hatte, ritt er zügig gen Osten.

Sie hatte ihn abgeworfen, wie einen unnützen Lumpen.

Die Eifersucht brannte höllisch, doch seine Seelenpein würde mit der Zeit erlöschen.

Er kam gut voran. Er hatte schon einen guten Teil der Strecke zurückgelegt, nur noch das Wäldchen und zwei Dörfer lagen vor ihm. Als er plötzlich stutzte.

Was war das da auf dem Waldweg vor ihm?

Ein Pferd lag dort, es war verendet und - oh Gott, ein lebloser Mensch, versperrte den Weg.

Hastig sprang er ab, vielleicht konnte er den Mann noch retten. Doch jede Hilfe kam zu spät.

Als er den bedauernswerten Leichnam betrachtete, erkannte er in Ihm seinen Rivalen, den untadeligen hartnäckigen Verehrer Carlas, dessen Pferd er noch vor Stunden in ihrem Hof gesehen hatte.

Was um Himmels Willen, hatte zu diesem grässlichen Unfall geführt?

War es ein boshafter Scherz eines Irren? Oder ein gezieltes Verbrechen?

Neugierig geworden begann er, sich aufmerksam umzusehen.

An einem Baum, direkt neben dem Pferdekadaver, sah er ein Plastikseil herabhängen. Doch Seile solchen Materials, gab es noch lange nicht.

Ein böser Verdacht regte sich in ihm.

Das konnte nur einer gewesen sein.

Sein Blick richtete sich nun auf den Baum gegenüber
des Weges. Dort erkannte er deutliche Spuren in der Rinde.

Das Seil hatte sich also bei dem Aufprall gelöst!

Jetzt war ihm alles klar.

Doch galt nicht etwa ihm dieses Freveltat?

Wen auch immer der hinterhältige Täter ins Jenseits
befördern wollte, war jetzt unrelevant, überlegte er weiter.

Würde nicht der Verdacht zuerst auf ihn selbst fallen?

Das fehlte ihm noch zu seiner Pechsträhne.

So begann er sorgfältig, alle verdächtigen Spuren
zu beseitigen.

Einem jähen Impuls folgend, war er jetzt versucht, sofort
umzukehren, denn nun bestand noch Hoffnung für sein
Glück. Doch in seiner Funktion als Arzt, sah er sich
gezwungen, das Ableben des Schulmeisters, umgehend
zu melden.

So setzte er seinen Weg in aller Eile fort, um dem
schändlichen Attentat - welches als ein bedauerlicher Unfall
erscheinen sollte, Genüge zu tun.

Doch nur er wusste von der Ursache des grässlichen
Geschehens - einer mörderischen Schandtat.

Da das Seil, welches das Pferd strangulierte verschwunden
war, als die Gendarmerie am nächsten Tag den Tatort
inspizierte, wurde es später als tragischer Jagt Unfall in den

Gazetten zu lesen sein. Wie es der Graf darstellte, um die hochgestellte Person, nicht womöglich der Lächerlichkeit preiszugeben.

Die Nachricht von seinem tragischen Jagdunfall und seinem Ableben, erreichte Carla nicht mehr.
Sie war verschwunden und mit ihr auf mystischer Weise, auch der junge Albert.
Dessen Einspänner noch immer einsam und verlassen vor dem Haus stand.
Was zu wüsten Spekulationen führte.
Die angezogene Bremse des Gefährts, verhinderte dass das Pferd sich selbstständig machte und somit gezwungen war, am Ort zu verharren.
So hatte es unterdessen, durch eine Lücke im Zaun, alles erreichbare Kraut und das nahe Gemüsebeet abgenagt und war wohlauf.
Die Suche jedoch nach dem Besitzer blieb erfolglos.
So konnte nur ein raffinierter, teuflischer Mordplan dahinter stecken.
Ein scheußlicher Verdacht verhärtete sich und ließ den Klatschmäulern nah und fern, ihren Vermutungen freien Lauf.
Selbst der gräfliche Onkel, konnte nicht mehr an sich halten.

„Das kannst doch nur du gewesen sein, Junge!" überfiel er,
den ahnungslosen Günter, der sich angesichts dieser
Beschuldigung in seinem Zimmer verbarrikadierte.
„Welch eine Schande für unser Haus.
Die Polizei fahndet schon nach dir.
Du musst dich verstecken - verschwinden, fort von hier."
fügte er unmissverständlich hinzu.
„Du glaubst wirklich das ich es war, der Mörder von Richard
und nun auch noch von dem jungen Albert," fragte Günter
ungläubig.
„Nun ja, was soll ich anderes denken, alles deutet darauf hin.
Sie waren deine Rivalen!"
„Das mag wohl sein. Doch liegt es nicht in meinem Sinn,
jeden Rivalen, der mir im Wege steht umzubringen.
Ich bin ein Doktor und mein Streben und meine Berufung
ist es, Leben zu erhalten!" rief er leidenschaftlich aus.
„Wenn aber selbst du mir solch eine grässlich Schandtat
zutraust, so bleibt mir nichts anderes, als mit dir zu brechen
und mich feige aus dem Staub zu machen.
Noch heute Nacht werde ich auf nimmer wiedersehen
verschwinden.
Du hast mich sehr enttäuscht. Du - mein nächster
Verwandter, hast dich in der Not als Verräter erwiesen!"
fauchte er, in größtem Zorn.
In hastiger Eile, packte er ein paar Habseligkeiten zusammen

und verließ noch in derselben Nacht das Schloss.

„So leb denn wohl - Onkel - den ich nicht mehr als meinen Vertrauten betrachte. Ich weis nicht ob ich gewillt bin, dich noch einmal wieder zu sehen." sagte er zum Abschied und verschwand in die Nacht.

Es sollten Jahre vergehen, bis sie sich wieder gegenüber standen.

Denn nach dem Passieren des Zeitentors, trat er in eine andere Welt.

Doch ständig quälten ihn die unverständlichen Ereignisse, die er sich nicht recht zusammenreimen konnte.

Sie ist also fort...

Keiner wusste von einer Romanze zwischen ihr und dem forschen Albert, am wenigsten er selber, dachte er erschüttert.

Das Leben geht weiter. Er war nun geläutert und nahm alles ergeben hin, wie es kam.

Doch sein Haus am Berge, ließ ihm keine Ruhe.

Nach Monaten der Unrast, begab er sich zunächst zu nächtlichen Trips, dorthin - wo seine Sehnsucht ihn trieb. Doch mit der Zeit wurde er mutiger.

Kapitel 8: Der Außerirdische

Jahre waren vergangen in ständiger Furcht, doch noch aufgegriffen und verhaftet zu werden.

Dennoch pendelte er täglich zwischen den Zeiten hin und her, um seinen Job in der neuen Zeit, fortführen zu können.

Allmählich glaubte er, dass genügend Gras über die Angelegenheit gewachsen und er sicher war, nicht mehr belästigt zu werden.

So hielt er schließlich wieder Einzug in sein Haus und richtete sich ein.

Der Graf indes, den die letzten Worte des Neffen zutiefst erschüttert hatten, setzte alle Hebel in Bewegung, den jungen Günter, dem er doch im Grunde sehr zugetan war, zu rehabilitieren und rein zu waschen, was ihm auch gelang.

Denn das Volk meuterte. Sie hatten einen fähigen Doktor verloren.

Doch auch seine lupenreine Freisprechung nutzte ihnen nichts mehr, sie hatten ihn fortgeekelt.

Sie konnten es gar nicht mehr verstehen, einst den verehrten und angesehenen Doktor, solch grässlichen Gräueltaten fähig gehalten, haben zu können.

Den stets freundlichen Doktor, mit untadligen Ruf.

Wie hatten sie nur eine Minute an seiner Unschuld zweifeln können?

Der Volkszorn kippte um und schwappte über, das Volk begann zu meutern.

Schon längst munkelte man, Ihn wiederholt im Ort gesehen zu haben, was den Onkel zu Handeln veranlasste.

So machte er sich eines frühen Morgens mit dem Kutscher auf den Weg zum Haus am Berge, wo er den Neffen gerade noch rechtzeitig antraf.

„Oh Junge, welch eine Freude dich zu sehen." stammelte er reumütig und schloss den Verdammten fest in die Arme.

„Verzeih mir - oh verzeih mir meine dummen Zweifel von damals. Du bist doch Blut von meinem Blut.

So flehe ich dich an - sieh nur, ich gehe auf die Knie vor dir. Doch höre mich an, denn alles ist wieder gut, nichts belastet dich mehr.

Alle warten schon sehnsüchtig auf dich und deine spezielle Heilkunst.

Wenn du es noch willst, so bist du ab heute die am meisten begehrte und geachtetste Person des Distriktes - meines Reiches.

Wir benötigen so dringend einen so begnadeten Doktor wie dich!"

„Steh wieder auf du alter Heuchler, du dauerst mich fast. Doch deine Einsicht Kommt reichlich spät.

Ich habe längst einen anderen Wirkungskreis, in dem ich meine Erfüllung gefunden habe."

„Wo ist das? Wo gehst du immer hin - jeden Morgen. Wo treibt es dich hin?

Alle die dich gesehen haben, sagen, du bist plötzlich verschwunden."

„Vielleicht gehe ich zum Teufel, oder in eine andere Welt." antwortete Günter, geheimnisvoll grinsend.

„Auch jetzt werde ich den geheimnisvollen Weg gehen. Du kannst mich nicht aufhalten. So geh auch du jetzt!"

„Du bist mir unheimlich, Junge, aber überleg es dir gut, was du tust, ich jedenfalls warte auf deine Entscheidung!"

„Ja - ja, ich werde es mir überlegen. Du wirst meinen Entschluss als Erster erfahren, falls ich mich entscheide, hier wieder Fuß zu fassen, denn meine Zeit ist begrenzt. Wie du wohl weist, habe ich die Fünfzig fast erreicht. Ich bin kein junger Spund mehr, der sich herum schubsen lässt!"

„Oh ich wusste gar nicht, das du schon so alt bist. Nun ich hoffe, dass du deinen nächsten Geburtstag mit allem Pomp bei mir auf dem Schloss feiern wirst.

Die Komtessen und alle anderen, können es gar nicht mehr erwarten, dich zu sehen. Sie haben sich mittlerweile zu jungen Damen entwickelt.

Bis auf die Kleinsten zwei, sind schon alle im heiratsfähigen

Alter. Also eine gute Partie für dich," schmunzelte er.

„Du gedenkst doch nicht etwa, mich mit meinen Blutsverwandten zu verkuppeln, du alter Gauner? Bedenke wie alt ich schon bin.

Zudem kommt nur Eine für mich in Frage.

Die Eine, die mit ihrer mystischen Macht, augenscheinlich nicht nur mich verhext hat, doch sie liebt nur mich!"

Während der Onkel dazu ergriffen nickte.

„Ja weis Gott, es ist unglaublich, wie sie das fertigbringt." bestätigte er aufseufzend.

Doch auch mir läuft bisweilen ein wohliger Schauer über den Rücken, dachte er bei sich.

„Ja so ist sie nun mal," bestätigte er nickend.

„Aber die hat dich doch verlassen und ist mit dem jungen Albert fortgegangen, wohin auch immer."

„Sie wird wiederkommen zu mir, eines Tages, das Verschwinden der beiden hat nichts miteinander zu tun.

Das war nur ein Zufall zur gleichen Zeit. Die sind keinesfalls miteinander durchgebrannt.

Für das Verschwinden des Alberts, muss es eine andere Erklärung geben.

Ich habe einen gewissen Verdacht! Da gibt es einen, der skrupellos über Leichen geht!"

„Ah ja - wer ist es?"

„Ach, der ist nicht zu fassen.

Aus deiner Sicht, ist er ein Außerirdischer, der uns gelegentlich aufsucht und für Unheil sorgt."

„Ach, was du nicht sagst. Ein Außerirdischer treibt hier sein Unwesen.

Du willst mir einen Bären aufbinden. Vermutlich glaubst du auch noch, der hat deine Angebetete entführt und sie wird eines Tages vor deiner Tür stehen?

Ach du bist ein Träumer. So träum weiter, aber vergiss uns darüber nicht, Junge."

„Wie du meinst.

Aber Moment mal, du kennst ihn doch.

Er war es, der aufmüpfige Angeber, der dieses Haus damals bewohnte und es nicht aufgeben wollte, wenn du dich erinnerst, ein unangenehmer Zeitgenosse.

Doch zum Glück, hat er schließlich das Feld geräumt und hat sich in Luft aufgelöst.

Vermutlich ist er wieder in seine utopische Welt zurückgekehrt und startet nur noch zu gelegentlichen Stippvisiten in unsere Gefilde. Doch Schluss jetzt, es ist alles gesagt. Ich werde nun gehen!"

„Aber du kannst mich doch nicht so einfach stehen lassen.

Viel lieber wäre es mir, wenn du mich schon heute ins Schloss begleiten würdest!"

„Oh, so einfach ist das nicht. Ich habe noch einige Dinge zu regeln, und dann vielleicht..."

Den letzten Satz, ließ er unvollendet.

„Ich muss jetzt gehen, man erwartet mich. Also geh du auch!"

Er wartete noch, bis der Onkel in seine Kutsche stieg und kopfschüttelnd davonfuhr.

Erst dann, machte er sich auf den Weg zum Berge mit dem Zeitentor. Alles war besser gelaufen, als er es zu hoffen gewagt hatte.

Erleichtert aufatmend, betrat er das Zeitentor.

Alles hatte sich wie von selbst geregelt.

Eine neue Zeit, ein neues Leben würde nun anbrechen.

Seine Zeit würde kommen.

Er brauchte nur zu warten.

Doch die Jahre vergingen. Zweifel schlichen sich ein.

Denn es gab weiterhin keine Spur von Ihr.

Würde er Sie jemals wieder sehen?

War es möglich, dass der hinterhältige Justin wieder einmal, seine Hand im Spiel hatte?

Er renovierte das Haus - hämmerte und schraubte - legte Wasserrohre. Er zapfte Justins Wunderwerk an und zog Stromkabel durch das ganze Haus, welche die Küche und Stube mit Strom versorgten.

Jetzt konnte ein Fernseher seine Zeit vertreiben.

Alles war perfekt und wartete auf ihre Ankunft.

Doch sie kam nicht. Seine Zweifel wuchsen.

Längst hatte er seine Arbeit als Landarzt
wiederaufgenommen.

Auch die Feste auf dem Schloss ließ er nicht aus.

So lernte er manch fesche Schöne kennen.

Nun ja, er lebte nicht gerade wie ein Mönch.

Was zu der einen oder anderen oberflächlichen Romanze
führte - doch sein Herz nicht berührte.

Sein Herz blieb kalt.

Was hatte sie gesagt - damals am letzten Abend mit ihr?

Wieviel Jahre mussten sie warten, bis ihre Zeit gekommen
wäre?

Er verstand bis heute nicht so recht, von welcher Zeit es
abhängen sollte und warum, bis ihr Glück beginnen konnte
und all die verlorenen Jahre aufwiegen würde,

dachte er oft vor dem Einschlafen, einsam in seinem Bett.

In seinem Haus, in dem es an einer fürsorglichen Hand
fehlte, wie Blumen, Tischdecken, Sofakissen und andere
anheimelnden Dekos, wie nur eine Frau es gestalten konnte.

Kapitel 9: Vorhof zur Hölle

Oben auf dem Plateau, vor dem Zeitentor, spielten sich merkwürdige Dinge ab.

„Jetzt fragst du mich auch noch, ob ich nicht sehe, wie schön es hier ist," keuchte Albert, kopfschüttelnd.

„Ich sehe einen unheimlichen, verhexten Zauberwald, wo vorher nur ein paar Bäume den Weg säumten dort unten, wo eben noch das Haus stand, ist ein undurchdringlicher Urwald, als gebe es dort noch Dämonen, Unholde und Elfen wie im Märchen.

Alles ist so düster und furchteinflößend.

Bist du nun eine Zauberin oder eine Wahnsinnige?"

„Keine von beiden. Du musst es nur realistisch sehen.

Wach auf und benimm dich wie ein Mann.

Ich muss zugeben, ich bin selbst ein wenig überrascht.

Ich wusste nicht - es sollte eigentlich..."

„Hm, nun ja, wie geht denn nun die Reise hin?

Ich sehe nur eine undurchdringliche Wildnis und keinen Weg. Wir brauchten einen Reiseführer für solch eine Safari."

„Lass uns erstmal hinabsteigen und in den Wald eintauchen. Sicher finden wir einen Weg."

„Aber kennst du deinen Weg denn gar nicht?

Weist du denn nicht wohin du willst.?"

Mein Wunschziel war eigentlich das kleine Dorf am Berge, mein Hort in der Bronzezeit.

Dort wurde ich stets mit Freude aufgenommen.

Da hatte ich viele Freunde, die so lange schon vergeblich auf mich warteten.

Ebenso besaß ich dort ein richtiges stabiles Steinhaus, welches die primitiven strohbedeckten Hütten überragte.

Dort unter den Ureinwohnern, hatte ich seinerzeit viele praktische Erneuerungen, im Schweiße meines Angesichtes mit Aufopferung und unsäglichen Mühen geschaffen.

Wenn der heimtückische Justin mir nicht immer wieder ins Handwerk gefuscht, hätte ich da recht zufrieden leben können.

Denn ich konnte täglich von der alten Zeit durch das Zeitentor, in meine Zeit pendeln.

Bis Justin eines Tages das Zeitentor verschloss. Doch Justin lebte nun weit in der Zukunft, wie ich vermute.

All das lag weit zurück in einem anderen Leben.

Dennoch hegte ich den Wunsch, in diese Zeit noch einmal einzutauchen. Doch es sollte alles ganz anders kommen...

„Ach, es ist alles so anders, als in meinen Erinnerungen - eine falsche Zeit!"

„Eine falsche Zeit? Wie soll ich das verstehen?"

„Das kannst du nicht verstehen. Es gibt so viel, was du nicht verstehen kannst". entgegnete ich verzagt.

Mühsam bahnten wir uns einen Weg durch die Wildnis.

Ich wusste, das es falsch war und das ich doch nicht vorfinden würde, was ich zu erreichen hoffte... Doch das sprach ich nicht aus.

Stunden vergingen, bis wir einen kaum sichtbaren Pfad fanden.

Stimmen plötzlich - nein eher merkwürdige, undefinierbare Laute.

Wir lauschten gespannt dem Stimmengewirr, das mit jedem Schritt zunahm.

Eine Horde Affen mit rosigen Gesichtern. Nein, nicht nur die Gesichter waren fleischfarben, auch die Körper, denn sie waren unbehaart.

Das waren keine Affen, sondern Menschen.

Keuchend vor ungläubigem Staunen, verharrten wir hinter Büschen in der hereinbrechenden Dämmerung und beobachteten sie.

Es war, als sehen wir einen nachgespielten Fantasy - Film ablaufen. Das jedoch war kein Film, sondern Wirklichkeit.

Doch all meine bisherigen Abstürze in die Vergangenheit, waren dagegen kaum mehr, als ein Abenteuertrip, gegen das, was sich hier meinen Augen bot.

Die Magie der Stunde körperlich zu erleben,
war so verheerend, schockierend, unfassbar und beglückend
zugleich und nicht in banalen Worten auszudrücken.
Gleichsam eine wundersame Erfahrung, in die mystische
Vergangenheit zu schauen. Jedoch plötzlich unter ihnen - mit
ihnen in der uralten Zeit zu sein.
Doch ahnend der Gefahren, nun etwas Falsches zu tun.
„Wir müssen sie überraschen, bevor sie uns sehen," raunte
Albert - von Grauen gepackt.
„Hier, nimm meine Taschenlampe, ich habe zwei.
Wir werden sie blenden, flüsterte ich, das können sie nicht
verstehen und es wird sie ängstigen, vermutlich werden sie
uns für Geister oder gar für Götter halten."
Die Dunkelheit zeigte sich zu unserem Vorteil.
Mit blendendem Schein, wagten wir uns aus unserer
Deckung.
Wie vermutet, erschraken sie fürchterlich und warfen sich
vor Entsetzen, bibbernd zu Boden.
Nicht nur ich hatte meinen Colt wie immer bei mir,
auch Albert zauberte ein handliches Schießeisen aus seiner
Jackentasche und feuerte einen Warnschuss in die friedlich,
schlafenden, halbgezähmten Wildschweine, die nicht weit
von ihnen lagerten.
„Das war nicht nötig," zischte ich verärgert.
Denn die Wirkung war fatal. Dieses donnernde Krachen aus

dem Nichts, brachte sie vollends aus der Fassung.

So näherten wir uns der schreckensstarren Sippe,
die zunächst so furchteinflößend, doch nun harmlos
am Boden kauernd, uns entgegen stierten.

Wir hatten sie bei ihrem abendlichen Mahl aufgestört.

Das Feuer glimmte noch, um das sie sich gesellt hatten.

Mit verständlichen Gesten, bezeugten wir ihnen,
dass wir nichts Böses mit ihnen im Sinn hatten.

Die Erste Nacht und die Tage die nun folgten, werde ich nie
vergessen.

Sie waren zwar Menschen wie wir, dennoch waren sie Wilde,
ohne Moral und Kultur, nur mit ihrem Urinstinkt zum
Überleben ausgestattet.

Wir waren ständig auf der Hut - kannten nicht ihre
Reaktionen auf unser Verhalten und dennoch kamen wir uns
allmählich etwas näher.

Ihre natürliche Neugier, sorgte dafür und machte uns
schmunzeln, als sie vorsichtig unsere Kleidung betasteten.

Das unbekannte Gewebe, irritierte sie.

War es eine gewachsene Haut? Und wenn nicht, wie sah es
darunter aus?

Großes Staunen erlangte ich, wenn ich zum Beispiel ein
plötzliches Feuer zwischen meinen Fingern hervorzauberte,
ungesehen eines banales Feuerzeuges.

Bald hatten sie ihre anfängliche Scheu verloren und gaben

sich ungezwungen, nicht zuletzt durch das lauthalse Lachen,
das nur der Mensch hervorbrachte, unterschied sie von ihren
Vorgängern, den Homo Erectus, die ich in einem vorigen
Leben gesehen hatte.
Ich gefiel mir zunächst in der Rolle des Beobachters.
Doch bald stellte meine Geduld mich auf eine harte Probe.
Denn vieles war im Argen, was hätte besser gehandhabt
werden können, doch ich hielt mich vorerst zurück.
Ich wollte auf keinen Fall, in ihre Gewohnheiten eingreifen.
Denn Veränderungen in vergangene Zeiten,
konnten katastrophale Folgen nach sich ziehen.

Mit der Zeit, verloren sie, wie auch wir, die stets
misstrauische Wachsamkeit und begaben sich
vertrauensselig unter unseren Schutz.
Nun oblag uns die doppelte Aufmerksamkeit.
„Was soll schon passieren," versuchte Albert,
meine Bedenken zu zerstreuen.
„Etwas Fürchterliches kann passieren. Oder glaubst du,
dieser Stamm ist der einzige auf der Welt? Kannst du dir
nicht denken, in welcher gefährlichen Lage wir uns befinden?
Wie auch heute noch, existiert wohl schon seit den ersten
Nage und Säugetieren, eine Art Futterneid.
Einer missgönnt dem anderen die Fülle der Nahrungsquelle,

wie ein ergiebiges Jagdgebiet, so auch besonders geschützte Lagerplätze in der Nähe eines Gewässers oder einer trockenen, geräumigen Höhle.

So ist es vorprogrammiert, das ein anderer, neidischer Stamm den anderen belauert und ihren Wohlstand missgönnt - sich gegenseitig überfallen und mit Vorliebe, fremde junge Frauen rauben.

Denn was dem anderen gehört, ist besonders begehrenswert."

„Gut gesprochen Frau Lehrerin.

„Was du sagst, leuchtet mir ein. Du befürchtest also einen Überfall einer mordrünstigen Bande dieser Halbaffen?"

„Rede nicht so respektlos von unseren Urahnen.

Das hier sind unsere direkten Vorfahren,

die Homo Sapiens - Menschen wie wir, kein Stamm wilder Idioten. Viel mehr sind sie mit unserem exzellenten Gehirn ausgestattet.

Sie zeichneten sich schon vor etwa 60 000 Jahren von den Neandertalern, den Heidelbergensis und anderen Vormenschen aus.

Denn sie waren es, die alle Widrigkeiten der Zeiten überlebten. Denk nur, alles was der Mensch heute weis, mussten sie erst durch Erfahrung lernen.

Die Sprache vervollständigen, wie essbare Nahrung.

Sie mussten erst alles herausfinden und lernen,

wofür wir so unendlich viele Jahre gebraucht haben.

Es gibt ja kein behagliches Haus, in das sie sich zurückziehen können, keine Axt und Säge oder Nägel, um ein Haus zu bauen. Kein Eisen, das sie erst viel, viel später aus Erzen gewinnen.

Alles müssen sie erst noch erfinden.

Da sie zurzeit nicht einmal einfache Kleidung besitzen, gehe ich davon aus, das sie noch ganz am Anfang der Spezies des intelligenten Menschen stehen.

Also mindestens 50 bis 60 Tausend Jahre vor unserer Zeit in der Tiefe der Vergangenheit leben.

Sie wissen es natürlich nicht, kennen es nicht anders, als ihre derzeitigen Lebensbedingungen.

Dennoch denke ich, dass sie sich als heroische Eroberer betrachten. Denn in jeder Epoche, glaubten sich die Menschen besonders fortschrittlich und sie waren es ja auch, in Anbetracht des Entwicklungsstandes ihrer Vorfahren.

Doch allein die Neugier einiger findiger Tüftler unter ihnen, hat sie vorangetrieben, unseren Planeten zu erkunden und sich den Voraussetzungen zu stellen und sich anzupassen.

Aus den Speeren wurden bald tödliche Pfeile, die Albert zeitvorgreifend für sie fertigte und sie zu gebrauchen lehrte.

Ja so stand es am Anfang und wo stehen wir jetzt?

In der neuen Zeit?

Die Evolution hat uns im Laufe der Jahre zu Monstern
werden lassen!"

„Von welchen Monstern sprichst du?"

„Den menschlichen Monstern, die nie genug bekommen
und eines Tages mit ihrem übertriebenen Streben,
die Welt vernichten werden. Doch dich, in deiner heilen
Welt, hat es noch nicht erfasst.

Deine Welt um 18 Hundert, hat es noch nicht getroffen.

Denn bei euch gibt es noch keine Autos und Flieger,
so groß wie ein Haus, welche die Luft verpesten!"

„Ah - ja, Autos und Flieger wird es bald geben, ich kann es
gar nicht erwarten. Ja - ja, so soll es wohl sein.

Doch was sagtest du da?

60 000 Tausend Jahre zurück? Und wir auch?"

Vor Staunen und Fassungslosigkeit, blieb ihm der Mund
offenstehen.

„Aber wie ist dass möglich und mich wundert doch sehr,
woher du das alles weißt? Du - eine Frau - aeh ich meine,
es ist doch ungewöhnlich, das eine Frau, solche Gedanken
hat!"

„Ach - es ist nicht das erste Mal, das ich ähnliches erlebt
habe."

Weis Gott - ich habe schon so viele Jahrhunderte gelebt und

so vieles erlebt und am eigenen Leibe erfahren - war ich versucht, zu sagen. Doch ich antwortete nur: „Das habe ich in prähistorischen - Archäologie- Büchern gelesen."
Tatsächlich hatte ich es vor Jahren nachgelesen und mich klug gemacht, nachdem ich, wenn auch nur kurz, einer kleinen Horde der Homo - erectus, begegnet war.
Doch das war in einem anderen Leben. Ich habe viel gelernt, denn ich hatte einen guten Lehrmeister."
Und ich fürchte, der hat auch dieses Mal seine Hand im Spiel, der Schurke, dachte ich.
Doch auch ein Justin würde es nicht schaffen, die Zukunft radikal zu ändern. Alles würde letzten Endes so geschehen, wie voraus bestimmt, war meine innerste Hoffnung.
„Ich muss gestehen, ich habe mich noch nie so sonderlich mit dem Altertum und schon gar nicht mit den ersten Menschen befasst. Die Gegenwart ist mir lieber," murmelte er, nachdenklich.
„Und dennoch, beginnt mich das primitive Leben zu faszinieren, wenn ich denn weis, dass es nicht für ewig ist," betonte er nachdrücklich und wartete auf eine Antwort von mir.
„Freilich wird es nicht für immer sein, bald schon werden wir zurückkehren, so Gott will!" entgegnete ich, gedankenlos.
„Willst du damit sagen, dass es nicht in deiner Macht liegt?" brauste er auf.

„Ich hoffe doch sehr, doch auch ich kann die Zukunft nicht
voraussehen, denn es liegt nicht alles bei mir,“ antwortete
ich, vieldeutig.
„Doch ich hoffe sehr, dass auch du, dieses einmalige Erlebnis
zu schätzen weist. Wer kann sich schon damit brüsten,
die Urmenschen selbst - von Angesicht erlebt zu haben, wie
wir!“
„Ja - ach ja, ich nehme gerne alle Strapatzen und
Widrigkeiten hin,“ sprudelte er, heftig nickend heraus.
„Oh, Mann, wie werden alle meine Freunde staunen,
wenn ich ihnen davon erzähle, doch vermutlich, werden sie
es gar nicht glauben können! Es ist so paradox, utopisch,
ungeheuerlich.

Die Zeit wurde uns nicht lang.
Schon bald zog Albert mit den Männern auf die Jagd.
Es galt eine umfangreiche Sippe mit ausreichender Nahrung
zu versorgen.
Schwangere Frauen, unzählige Kinder, alte Gebrechliche,
verlangten nach nahrhaftem Fleisch, neben der
vegetarischen Pflanzenkost aus Wurzeln, Blattzeug und
wilden Beeren, welche die Frauen und die halbwüchsigen
Mädchen fleißig sammelten. Ihre raffinierten Jagdmetoden,
ohne Pfeil und Bogen, nur mit hölzernen Speeren bewaffnet,

die unermüdlich und Kräftezehrend letzten Endes, dennoch zum Jagderfolg führten.

So gebrauchten sie eine List - indem sie zum Beispiel das begehrte Mammut jagten - bis zur Erschöpfung, um es in eine Grube zu drängten, in welche es schließlich stürzte und es sodann, grausam mit vielen Stichen ihrer Speere, töteten.

Ein jeder war bemüht dazu beizutragen.

Doch die Hauptarbeit begann nun erst - mit dem Ausweiden ihrer angespitzten Steinwerkzeugen. Wobei sich Albert mit seinem scharfen Messer hervortat.

Sodann folgte der Abtransport der schweren Fleischbrocken. Welche sie oft kilometerweit bis zu ihrem Lager schleppen mussten.

Die Felle jedoch, wurden dann sogleich von den Frauen an Ort und Stelle entgegengenommen. Denn für den Winter, benötigten Alle einen warmen Pelz.

Albert entwickelte schon nach kurzer Zeit, kräftige Muskeln, wo vorher nur Pudding war und das verwöhnte Grafensöhnchen wurde allmählich zum echten Mann.

Seine einstmals sorgfältig gepflegte Schmalzlocke, hing ihm jetzt zottig ins Gesicht.

Das Mammutfell wärmte zwar, doch es stank fürchterlich und kratzte entsetzlich, denn man trug die Fellseite nicht nach außen, sondern auf der nackten Haut.

Das Fell von Rehwild, wie Gazellen oder von Wildpferden, war hingegen, äußerst beliebt, besonders bei den Frauen.
Es ließ sich leichter durchstechen und zuschneidern, um verschiedene Felle mit feinen strapazierfähigen Sehnen zusammen zu fügen.
All diese Arbeitsgänge, ohne Fleischsäge, scharfe Messer, Schere und Hacker zu fertigen, faszinierte uns und gab uns zu denken.
Obgleich auch sie mühsam behauenes und präzises Werkzeug besaßen.
So fühlten sie sich modern - ihrer Zeit voraus und fortschrittlich, wie die Menschen in jeder Zeit, sich ihren Vorfahren überlegen glaubten.
Denn ihre Vorväter, besaßen noch keine Speere mit solch scharfen Spitzen wie sie. Und ihre Winterponchos, waren formlose Fetzen, unpraktisch, lästig - bei der Arbeit behindernd.
Wo ihre Joppen hingegen denen ihrer Ahnen, schon so etwas wie Ärmel und eine gefällige Form besaßen.

Ja - der kalte Winter würde bald kommen. Die Sonne erhob sich nicht mehr hoch über den Bergen. Die Nächte waren schon kühl und ließen sie dichter zusammenrücken, unter dem Schutz des Daches - einem überhängenden

Felsen, der ihnen Schutz vor Regen bot.

Die Nähe zu dem anderen, ermutigte und erregte sie, ungehemmt, zu tun wonach ihnen gelüstete.

Die Frauen zeigten offen ihre Bereitschaft zum Sex, wenn ihnen danach war.

Gleichwohl kümmerte es die sexhungrigen Lüstlinge nicht, wenn sie auf Abwehr stießen.

So wurde die Herzensdame mit Gewalt genommen.

Keinen kümmerte es.

Ich trug deshalb stets Alberts scharfes Klappmesser am Gürtel.

Dreimal schon, hatte sich ein Liebeshungriger, blutige Fleischwunden eingefangen - was sich schnell herum sprach und mir fortan ruhige Nächte vergönnte und mich vor weiteren störenden Belästigungen bewahrte.

Während Albert seinen männlichen Kollegen nacheiferte und mit neuerwachter Gier, eine greifbare Schöne unterwarf, um sie direkt neben mir zu vernaschen.

Wohl nicht zuletzt, um mir meine Abwehr und Zurückhaltung, heimzuzahlen und meine Eifersucht zu wecken.

Auch daran gewöhnte ich mich.

Denn meine Eifersucht hielt sich in Grenzen, obwohl mich

seine neuerliche wilde, besitzergreifende Männlichkeit zu
reizen begann.

Doch er war nur ein Kumpel - ein Weggefährte und so sollte
es auch bleiben.

Jeder neuerwachende Tag, hielt viele Herausforderungen
bereit. Zudem gab es noch so viel heraus zu finden,
über ihr tägliches Leben, wie würde ihr Winter sein?
Wie lang und kalt würde er werden?

In meinem Gepäck, welches ich wie meinen Augapfel hütete,
befand sich nicht allzu viel wärmende Kleidung.

Nun - vielleicht würde ich, ein dickes Mammutfell für
meine aufopfernde Hilfe, die ich zu einem reibungslosen
Tagesablauf beitrug, erhalten.

Welches ich allerdings mit dem flauschigen Fell nach außen
über meiner eigenen Kleidung tragen würde.

Obwohl wir das erlegte Fleisch mit ihnen teilten
und am Feuer gemeinsam verzehrten, fühlten wir uns ihnen
niemals ganz zugehörig. Eher wie Zuschauer
oder Mitglieder eines Forschungsteams, selbst wenn ich in
dem Tagesablauf voll integriert war.

Doch allmählich, mit kleinen Schritten näherten wir uns
einander an.

So eintönig und gleich der Tag auch ablief, während wir auf

die Heimkehr der Männer von der Jagd warteten, gab es doch auch lustige Momente, wenn wir uns in der Sprache auszutauschen versuchten. So schnappten sie von uns Wortbegriffe auf und wir von ihnen, wie ein Gegenstand oder gewisse Handlungen. Woraus ein wirrer Kauderwelsch entstand - mit zusätzlichen Gesten, mit denen wir uns oft kichernd, bisweilen lauthals, lachend unterhielten.

Meine Hauptaufgabe sah ich im Betreuen der Kleinsten, die ich den Müttern, die nun pausenlos mit dem bearbeiten der Felle beschäftigt waren, gerne abnahm, damit sie in voller Konzentration arbeiten konnten.
Noch liefen alle - Männlein wie Weiblein, splitternackt durch Gottes freier Natur, während allerdings, besonders die jungen Frauen, zwecks ihrer Monatsblutung einen winzigen Lederschutz um den Unterleib trugen.
Oft trug ich zwei Säuglinge auf den Hüften mit mir, zum Gang zu der Wasserstelle, an der ich eifrig meine Kleidung, mich selbst und meine langen Haare wusch.
Noch besaß ich Seife und einen Rest Waschpulver, um der gewohnten Reinlichkeit Genüge zu tun.
Natürlich waren auch die Babys unbekleidet, das hatte zwar den Vorteil, dass sie ihre breiigen Ausscheidungen an Ort und Stelle verlieren konnten. Doch ein letzter Rest des duftenden Breies, landete auch oft auf der Pflegerin,

die es trug. Das war ein unangenehmes Übel, ein Problem in meinen Augen.

Ich entsann mich einer perfekten Lösung.

Die großen Blätter der Königskerze waren flauschig und äußerst angenehm auf der Haut und somit wunderbar als Windelersatz geeignet und gleichsam dazu geschaffen ihr kleines Hinterteil zu säubern.

Wie auch ich sie für die tägliche Hygiene schon lange benutzte.

So sammelte ich eifrig das weiche Laub der Pflanzen um ein Windelpaket herzustellen.

Das war nur das geringste, was ich beitragen konnte.

Kein Mensch aus unserer zivilisierten Zeit, hat nur eine vage Vorstellung, unter welchen Bedingungen wir hier hausen mussten. Wie auch wir sagen würden: Lebensnotwendigen Bedingungen.

Doch wir lebten, aßen, tranken Wasser aus der hohlen Hand. Zum Glück floss ein sprudelnder, erquicklicher Bach an unserem Lager vorbei, der uns ermöglichte, jederzeit unseren Durst zu stillen.

So gab es keinerlei Kochgeschirr, weder Löffel, Krüge oder Näpfe, die man doch mit Leichtigkeit hätte formen können, um Wasser zu transportieren und erwärmen zu können.

Mir war klar, worin meine nächste Aufgabe bestand.

So begab ich mich in Begleitung von Albert, der mir murrend folgte, auf die Suche nach passendem Material,
um mich in der Herstellung von Essgeschirr zu versuchen.
Aus meinem Gepäck hatte ich zwei Picknickteller und eine Packung Campingbesteck - für einen ungezwungenen Picknick gedacht, hervor gezaubert.
Was ungläubiges Staunen bei den Ureinwohnern hervor rief.
Noch sahen wir unsere unfreiwillige Station bei den Halbwilden, als einen Abenteuerurlaub, den wir bis zum Winter durchziehen wollten.
Doch wenn die Rückkehr in unsere Zeit verbaut war?
Denn ich befürchtete insgeheim, das der findige Justin, uns durch eine listige Manipulation Robbys, hinterhältig in diese Zeit befördert hatte.
Es wäre nicht das erste Mal.
Doch ich täuschte mich gründlich.
Der Übeltäter war diesmal nicht Justin.
Robby war es... Aus Rache an mir, dafür dass ich ihn wieder in die grässliche, verhasste Höhle ausgesetzt,
an das Schaltmodul angeschlossen und seitdem vergessen hatte. Nachdem seine Hoffnung, als freier Mensch auf Erden zu wandeln, kläglich gescheitert war.
So war es gewiss kein Versehen, Robbys des Zeitenlenkers.
Doch das ahnte ich nicht.

Als ich voll Eifer und Tatendrang die ersten Schalen
und Teller formte, das stets lodernde Feuer schürte,
bis es wie das Höllenfeuer glühte.
Sodann ich, meine Schöpfungen brannte und härtete, um sie
hernach voller Stolz unter dem Clan zu verteilen.
Jeder hatte nun seinen eigenen Essnapf.
Doch sie wussten ihn zunächst nicht so recht zu gebrauchen.
Nur allmählich gewöhnten sie sich an die Vorzüge,
die sich boten. Zumal sie uns als Vorbilder betrachteten
und uns nacheiferten.
Welch ein kleiner Schritt, auf dem langen Weg in die
Zivilisation.
Welch ein langer Weg würde ihnen noch bevorstehen.
Sann ich auch ständig nach weiteren Erneuerungen,
so wusste ich doch, das sich in dieser Generation nicht
allzu viel verändern würde.
Ihr Weg war noch so lang und ungewiss. Doch es war nicht
alles gut, was die Zukunft hervorbrachte.

Kapitel 10: Die lange Dunkelheit

Machtkämpfe, Kriege unendliches Leid, Tod,
Verderben und nicht zuletzt in der ewigen Sucht, sich die
Erde untertan zu machen, letztlich die eigene Zerstörung
unseres so einmaligen Planeten, standen noch bevor.
So würde all das nicht aufzuhalten sein.
Doch bis dahin, würden noch viele, viele Tausend Jahre
vergehen.
Waren sie jetzt nicht Glücklich in ihrem natürlichen
Lebenskreis?
Der Freude an jedem Sonnenaufgang, an jedem erlegten
Schmaus, der genussvoll verzehrt, ihr Wohlsein stärkte.
Welch ein großes Wunder jede Geburt und das Glücksgefühl
das kleine Wesen, über das dritte Lebensjahr erhalten haben
zu können.
Denn Kinder waren ja so kostbar und wichtig für den
Fortbestand, die Größe und Macht ihres Clans.

Der erste Schnee, der uns eines Morgens überraschte,
mahnte uns, dass nun unsere Zeit zu gehen,
gekommen war - das Feld zu räumen und unsere lieb
gewordenen Freunde zu verlassen.
Wir waren bisher mit heiler Haut davongekommen.

Kein Überfall feindlicher Banden, noch sonstiges körperliches
Ungemach, war uns widerfahren.
Der Wintereinbruch war auch ein Umbruch in ihre
Gewohnheiten. Lebten sie bisher unter einem geschützten
Felsvorsprung, der zwar vor Regen, nicht aber vor Kälte
den notwendigen Schutz bot.
So stand nun der Umzug in die Tiefe einer geräumigen Höhle
bevor.

Bislang waren nur sehr wenige Neugeborene mit der Mutter,
an Kindbettfieber oder schon bald nach dem Abstillen
nach circa 2 Jahren an Mangelerscheinungen verstorben.
Das aber würde sich ohne Sonnenwärme und nahrhafte,
vitaminreiche Pflanzenkost, rapide - schnell ändern.
Der bei uns selbstverständliche Baby Brei aus

Milchprodukten, in dem alles was das Kind benötigte enthalten war - fehlte.

In einer düsteren, muffigen Höhle ohne Tageslicht, monatelang zu hausen - undenkbar.
Mag auch ein Feuer die Szenerie erhellen und die Menschen wärmen, so verpestete doch ein unerträglicher Qualm die Atemluft.
Zudem zwängte uns die Enge, dicht gedrängt, ohne Intimsphäre, auszuharren

Die damit verbundenen, fehlenden hygienischen Bedingungen, dicht gedrängt in der feuchten Höhlenluft kauernd, war mir nicht verlockend.
Vor diesem letzten Schritt, graute mir.
Ohne die lebensnotwendige Sonne, nur stets dem beißenden Qualm des ewig glimmenden Feuers ausgesetzt - kaum atmen zu können.
Nicht zu vergessen, das Husten der Alten und das Geplärre und Quengeln der Kinder, die in ihrem natürlichen Bewegungsdrang behindert waren.
Außerdem, machte sich ein übler, penetranter Geruch in der Höhle breit, der sich mit jedem Tag verstärkte - den kein Wind in dem stickigen Gewölbe, fortwehen konnte.

Unsere Tage waren gezählt, wir warteten nur auf die passende Gelegenheit.

Gleichwohl konnte - wie vorher - auch bei Frost und Schnee, nicht auf die Jagd nach Essbarem, verzichtet werden.

Der Schneesturm hatte eine Pause eingelegt.

Die Männer sammelten wichtigtuerisch ihre hölzernen Waffen zusammen. Unterdes sie voll Jagdeifer, nun in einen wärmenden Pelz gehüllt, aus der Höhle traten und sich ein völlig neues Bild unseren Augen bot.

Wüste Gestalten in dicken Mammutfellen auf zwei Beinen, zu jeder Herausforderung bereit.

Doch wir würden sie nicht mehr mit ihrer Beute zurück kommen sehen.

Denn wir hatten die Gelegenheit genutzt,
bei dem denkwürdigen Aufbruch, ohne viel Palaver
und Abschiedszeremonie, uns davon zu stehlen.

Tief die reine Luft einatmend, einen letzten Blick in die Höhle
werfend und den davonziehenden Jägern nachblickend.
Nicht ohne Bedauern und ein bisschen Wehmut,
sie alle nicht mehr wieder zusehen, doch gleichsam
erleichtert aufatmend, verließen wir diesen historischen Ort,
den wir in ferner Zeit noch oft betreten, doch so - nie wieder
vorfinden würden.
Unser Ziel war die legendäre Höhle, hoch oben
im Berge: Der Zeitkanal. Nur einen halben Tagesmarsch
entfernt.

Acht Monate hatten wir mit unseren Vorfahren, den frühen
Urmenschen verbracht.
Hatten Freud und Leid, Entbehrung, oft mangelhafte
Nahrung mit ihnen geteilt, doch auch wertvolle Erfahrung
gesammelt, die wir nun mit auf den Weg nehmen konnten,
in eine andere Zeit, die wir nun zu erreichen hofften.
Wenn Robby oder Justin uns nicht wieder einen üblen
Streich spielen würden.

Kapitel 11: Der einsame Sternenreiter

Justin...

Sie waren plötzlich verschwunden, wie vom Erdboden verschluckt.

All seine gewissenlosen listigen Unternehmungen waren fruchtlos geblieben. Nachdem er seinen verhassten Rivalen beseitigt und somit sein Ziel gekommen glaubte, war der Quell seiner Sehnsucht nicht mehr da.

Was sollte er noch hier? Alles war anders gelaufen, als geplant.

In seiner ewigen Unrast und Sucht, etwas Einmaliges zu vollbringen, entsann er sich in seinem Gram und dem tiefsitzenden Kummer der ihm bleischwer auf der Seele lastete, an den neuentdeckten, vielversprechenden Planeten, den er aus Feigheit und Bequemlichkeit, nie selbst gesehen - ihn nun doch noch selbst zu erforschen.

Alles war damals im Sande verlaufen und ins Stocken geraten, nachdem sich keine Besatzung fand, ihn gründlicher zu erforschen.

So bestanden nur Vermutungen, eventuellen Lebens - den üblichen - diversen Gesteinsproben und den ausgewerteten Computerbildern zufolge.

Nach sorgfältigen Vorbereitungen, bestieg er heimlich,
ungesehen ein Raumschiff und startete von der zweiten
Zwischenstation weit im All, die es ihm ermöglichte,
ohne Treibstoff und Antrieb, in weite Fernen zu gelangen,
da er sich dort bereits in Schwerelosigkeit befand.
Welch ein Wahnsinnsgefühl, abzuheben und alles Weltliche
hinter sich lassen zu können.
Selbst das Wissen, im All zu altern und womöglich nicht mehr
lebend sein Ziel zu erreichen, ignorierte er in seiner
euphorischen Aufbruchsstimmung.
Was er jedoch schon bald bereute.
Doch nun war es zu spät, als er durch die düstere
Unendlichkeit glitt.
Sein Groll und Frust war unterdessen verflogen.
Wie konnte er nur eines Weibes wegen, nach diesem
Wahnsinnsunternehmen gieren und noch dazu ohne
den allwissenden, mächtigen Robby, der alle Zeiten
und Entfernungen mühelos überwinden konnte.
Wie unüberlegt von ihm.
So raste er durch das All ohne zu wissen, wie er jemals
umkehren konnte.

Jahre vergingen...

Längst wusste er, dass er den vielversprechenden Planeten, nie erreichen würde, denn er hatte nach langen Überlegungen, die Peilung scharf nach links eingestellt, um eine lange Schleife zu vollführen.

So das seine Fahrt, wenn auch nach langer Zeit, doch unweigerlich eines Tages automatisch zu seinem Ausgangspunkt führen würde.

Doch wann würde das sein?

Eine undenkbar lange Reise durch die Galaxis stand ihm bevor.

Die Sternenbilder wechselte unerwartet schnell.

So ging er davon aus, dass sein supermodernes Raumschiff eine enorme Geschwindigkeit angenommen hatte.

Seine geheime Hoffnung, womöglich eine weitere Sonne auszumachen - eine Licht und Wärmequelle, um die sich ein neues Sonnensystem, mit eventuellen Leben hätte bilden können, bestätigte sich nicht.

Sein anfänglich steter Blick auf den Monitor, der ihm nur ein düsteres Bild zeigte, begann ihn zu langweilen.

Um sich die lange Zeit zu vertreiben, löste er Kreuzworträtsel die er stapelweise in weiser Voraussicht neben Büchern, allerlei nützlichem Kurzweil in das Schiff verfrachtet hatte.

Doch die meiste Zeit verschlief er.

Die Zeit jedoch, die wirklich verging, konnte er nicht einschätzen. Vermutlich waren es Jahrzehnte, oder noch länger - nach seinem Gefühl.

Da es in der ewigen Dunkelheit keinen Tag - Nacht Rhythmus gab, war es ihm nicht möglich, die Tage und somit Wochen und Monate zu zählen, denn Tag und Nacht waren gleich.

Kapitel 12: Paradies ohne Ausgang

Auf dem mühseligen Marsch durch das Dickicht des
Urwaldes, sprachen wir nicht viel.

Jeder ging seinen Gedanken nach, die unterschiedlicher nicht
sein konnten.

Nur das Rauschen in den Baumwipfeln und die vielfältigen
Stimmen der Waldbewohner, die uns verborgen waren,
in der lebendigen Natur, wisperten und flöteten ihr ewiges
Lied.

Wir beide hatten den Kopf voller Erinnerungen, es war wie
ein anderes abgeschlossenes Leben.

Bis Albert abrupt stehen blieb und meinen Arm ergriff.

„Carla - liebste meines Lebens. So höre mich an, bevor es
zu spät ist.

Unsere Wege dürfen sich nicht trennen, versprich mir,
immer bei mir zu bleiben.

Ich will und kann nicht mehr ohne dich sein. Ich habe mich so
an dich gewöhnt. Verlass mich niemals.

Ich hätte es dir schon längst sagen sollen, ich Tor!"

„Ja - ja, erzähl es mir später, zurzeit habe ich keinen Sinn,
für derlei Gefühlsduseleien. Komm, lass uns weiter gehen,
der Weg ist noch weit."

Gewiss war er ein smarter Bursche, doch zu jung und zu hohl
für meine Ansprüche.

Da war nie mehr, als ein Verbundenheitsgefühl - das gleiche
Schicksal zu erleiden, das uns zusammen zwang.
Gegen Abend erreichten wir endlich das Tal am Berge,
des Berges mit dem Zeitentor.
Zwischen den riesigen Mammutbäumen,
die ihr Grün verloren hatten, konnte ich schon die Höhle
sehen.
Im Näherkommen bemerkte ich, dass etwas nicht stimmte.
Jetzt standen wir davor und starrten entsetzt in die Höhle.
Bei dem Anblick der Höhle schreckten wir wie von einem
Keulenschlag getroffen, erschrocken zurück.
Sie war nicht leer.
Man sah nicht die gruselige Schwärze wie sonst.
Nein - Sie war angefüllt mit wabernden Leibern,
die eine unglaubliche Ähnlichkeit mit einer bestimmten
Menschenaffenart aufwiesen und dennoch menschlicher
erschienen.
Eher wie eine Horde Homo Habilis.
Aber es waren keine Habilis. Dennoch erinnerten sie mich
an menschliche Wesen. Doch mit keinem stupiden,
nein vielmehr mit einem listigen Gesichtsausdruck,
starrten sie uns entgegen.
Ihr Haar war ausnahmslos Kamelfarben, wie die kurze,
dichte Körperbehaarung.
Während ihre Statur recht klein und leicht gebeugt,

doch aufrecht zu gehen imstande war.

Sie hatten ein wenig Ähnlichkeit mit Lemuren, die ich einmal im Zoo gesehen hatte.

Doch Arme und Beine waren proportioniert wie unsere.

Ihre Stimmen waren nicht mehr als kehlige Grunzlaute, wie das Fauchen von Großkatzen.

Es waren mit Sicherheit keine Neandertaler, ebenso wenig, wie die Homo - erectus, noch Heidelbergensis.

Ein noch früherer Urmenschenschlag, von dem ich nicht wusste, welcher noch kaum Werkzeug herzustellen, weder geistig noch durch Fingergeschick, fähig war.

Die jedoch ein irres Spektakel mit furchteinflößenden Drohgebärden veranstalteten, als sie uns sahen.

So wollte es der Zufall, dass sie ausgerechnet in der Höhle des Zeitenkanals, Zuflucht vor dem Winter gefunden hatten.

Doch keine Waffen, außer dicken Knüppeln, trugen sie zu ihrer Verteidigung, die sie hoben und auf uns richteten.

So schienen sie noch ganz am Anfang ihrer Entwicklung, welche eine launische Mutation hervorgebracht hatte.

Unwissend, wohl aber Vernunft begabt, musterten sie uns misstrauisch, in höchster Alarmbereitschaft.

Nach einem Moment ungläubiger Erstarrung, hielten wir es für angebracht, uns in Würde zurück zu ziehen, um sie nicht noch mehr zu erregen.

Obwohl sie uns offenbar mehr fürchteten, als wir sie.

„Vermutlich verfügen sie über andere Kampfmittel, wie etwa
ein scharfes, spitzes Raubtigergebiss mit Säbelzähnen,
um ihre Gegner unschädlich zu machen und sie so zu töten,"
bemerkte Albert.

„Ach Unsinn, sieh nur, sie bibbern vor Angst.

Sie sind gutmütig - sicher viel zu gutmütig,
um lange überleben zu können.

Sie werden, wie so viele andere untergehen, im grausamen
Überlebenskampf und nur ein paar Knochen werden eines
Tages unseren Wissenschaftlern, Rätsel aufgeben,"
sagte ich und warf noch einen letzten neugierigen Blick
auf die seltsamen Wesen.

Während Albert schon ein Stück gegangen war,
zögerte ich noch.

Ich musste Robby erreichen, doch wie sollte mir das
gelingen?

Ich müsste mich durch die Horde der aufgewühlten
Individuen kämpfen.

Das jedoch würden sie als einen Angriff in ihre friedliche
Gemeinschaft ansehen und nicht dulden.

Denn nach langer Suche, hatten sie endlich ihren solange
gesuchten Hort gefunden - den Platz, der ihnen genügend
Freiraum bot und sie vor Kälte und Feinden, vortrefflich

schützte, glaubte ich damals.

Oh nein - diesen Ort würden sie nicht wieder aufgeben und vor allen Eindringlingen verteidigen.

Ihr Knurren und ihre Drohgebärden, steigerten sich in wildes Krächzen.

War es auch nur ein weibliches Wesen, das ihre Ruhe störte.

So war doch dieses Weib, das so anders war als sie und alle die sie kannten, verdächtig mutig und so - mit unerklärlichen Mächten ausgerüstet, aus ihrer naiven Sicht.

Ein lästiges, gefährliches Eindringen in ihr Reich aus meiner Sicht.

Obgleich ich sie mit beruhigenden Gesten zu besänftigen versuchte, verstärkte sich der Tumult zu einem Höllenlärm.

Alle, selbst die Kinder hatten sich unterdessen erhoben und stießen im Chor, mir ihre schauerliche Melodie entgegen.

Ein durchkommen war nicht möglich.

Ich hätte mich ja durch sie hindurch drängen müssen.

Robby könnte sie durch einen simplen Hebeldruck ausräuchern oder in die Eiszeit aussetzen.

Oder - was am einfachsten wäre, sie mit uns gemeinsam in unsere Zeit befördern und hernach wieder in diese Zeit zurückbringen. Auch könnte er sie mit Gasen aus dem All vergiften, wenn sie ihm zu lästig würden.

Doch das Gegenteil war der Fall - sie belebten seine

Einsamkeit so langer Jahre und beflügelten seine Sinne.

Seine Ewigkeit war unterbrochen.

Er fühlte sich sauwohl in ihrer Mitte. Auch wenn sie ihn auf seinem hohen Podest nicht sehen konnten, so war er doch nicht mehr allein - fühlte sich wie einer von Ihnen.

Eine Illusion nur - dennoch belebend.

Bisweilen glaubte er sich wie ein behütetes Kind zwischen ihnen, Erinnerungsfetzen aus seiner Jugend - geborgen in der Familie, flammten blitzend in seinem Hirn auf.

Sahen sie nicht so aus wie seine Vorfahren?

Wenn sie jedoch diese Frühmenschen waren, so hätten sie sich enorm weiter entwickelt - wurden im Laufe der vielen Tausend Jahre zu Genies.

Diese hier jedoch, würden bald aussterben auf der Erde, wusste er. Aber warum?

Er würde sie noch eine Zeit beobachten, ein paar Jahre, um sicher zu gehen, das sie es waren - Sie - seine Vorfahren.

Dann wäre es seine Aufgabe als Menschenfänger, sie auf seinen Heimatplaneten zu bringen und seine Aufgabe wäre ein für alle Mal beendet.

Man würde ihn aus seinem eisernen Panzer erlösen, er hätte wieder einen weichen, menschlichen Körper, fantasierte er weiter, doch all das war noch nicht reif.

Robby, siehst du denn nicht was hier geschieht, hast du denn
deine Freunde vergessen? flehte ich in Gedanken.
Denn wenn er auch meine Gedanken empfangen hatte,
so kümmerten sie ihn nicht.
Die unbedingte Treue, die wir von ihm erwarteten,
hatte er im Gegenzug von uns nie erhalten.

Der Schreck - das Entsetzen und die darauffolgende
Enttäuschung, hätte mich eigentlich umwerfen müssen.
Doch ich hatte so viel Unglaubliches schon erlebt
und überstanden, dass mich nichts mehr erschüttern
und aus der Bahn werfen konnte.
Wenn mich auch diese unerwartete Situation zutiefst
verstörte, so musste ich mich doch damit abfinden.
Was nutzt ein großes Gejammer - wenn nicht heut,
dann eben später.
So blieb uns nichts anderes, als den Weg, den wir
gekommen, zurück zu gehen, zurück zu unseres Gleichen,
von denen uns nur eine unglaublich lange Zeit
des Wissens - des Erlebten und der Forschung trennte.
Denn sie waren es ja, die sich die Welt eines Tages untertan
machen würden.
Sie waren wie wir, wir hatte ihre Gene, jene Gene - stets
nach Höherem zu streben und nie genug zu haben,

bis eines Tages der Bogen überspannt und wir uns selbst zerstörten.

Zurzeit jedoch, hielt sich ihr Erfindungs und Unternehmens-Drang, allerdings in Grenzen, bis - gelegentlich auf einige übersensible, wissbegierige, herausragende Zweifler und Besserwisser, die sich schon als Kinder und Jugendliche hervortaten.

Sie waren es, die ihre Sippe einen - wenn auch kleinen Schritt, voranbrachten.

Tief im Gedanken versunken, stolperte ich den Hang hinab und bahnte mir, durch Gestrüpp und Unterholz den Weg zurück.

Meine Augen suchten, die Spuren der abgebrochenen Zweige und zertretenen Pflanzen, nach Albert Ausschau haltend, der schon vorausgegangen war.

Bald sah ich ihn hockend an einen Baumstamm gelehnt.

Er weinte. Doch er weinte nicht in sich hinein, er brüllte seine Enttäuschung und seinen Schmerz laut hinaus. Seine Schultern bebten.

„Verflucht seist du, Verflucht der Tag, an dem ich dich traf. Du alleine bist schuld an allem.

Nie mehr werde ich meine Brüder, meine Freunde und alles was mir lieb war, wiedersehen!" jammerte er, mit einem vorwurfsvollen Blick auf mich.

Ich glaubte mich verhört zu haben.

Dennoch setzte ich mich zu ihm und strich ihm beruhigend über den Rücken.

„Das war nicht voraus zu sehen.

Die Welt wird nicht untergehen - nur, weil nicht alles nach Plan abläuft. Unsere Ausreise, hat sich nur verzögert.

Nun reiß dich zusammen und heul nicht wie ein Baby.

Alles wird sich fügen."

So stapften wir den Pfad, den wir uns vor Stunden erst mühsam erkämpft hatten, wieder zurück.

Die früh hereinbrechende Dunkelheit, hätte uns unser Unterfangen unmöglich gemacht, wenn nicht der Vollmond spärlich unseren Gang beleuchtend, uns den Weg wies.

Kapitel 13: Stau im Fluss des Lebens

Nun erschienen uns, unsere alten Bekannten sehr vertraut,
wie alte Freunde, ja, beinahe fortschrittlich
und aufgeschlossen, gegenüber den unbekannten
Frühmenschen.

Uns erwartete ein hektischer Trubel.

Fast alle Bewohner waren aus der Höhle gestürmt
und beleuchteten mit glühenden Fackeln die Szenerie.

Die Männer hatten nach erfolgreicher Jagd, ihre Beute,
anders als im Sommer, heimgeschleppt.

Nun beteiligten sich alle Clanmitglieder an den folgenden
Arbeiten des Ausweidens und Zerteilens.

Die Frauen machten sich hurtig an das Abtrennen der Felle,
von dem auch wir unseren Anteil erhielten.

Wir beleuchteten zusätzlich den Platz mit unseren
Taschenlampen, bis die ersten Sonnenstrahlen das Tal
erhellten.

In dem Durcheinander, schenkte uns keiner besondere
Aufmerksamkeit, es war, als wären wir niemals fort gewesen.
Wenn uns auch einige erstaunte Blicke trafen.

Das Feuer wurde vor dem Höhleneingang aufgeschichtet
und erwuchs zu einem wahren Höllenfeuer, über dem bald
das Fleisch zu brutzeln begann und einen köstlichen Duft
verbreitete.

Ein Festschmaus begann und endete erst, als nichts mehr hineinpasste. Ein verspätetes Weihnachtsfest, ohne die üblichen Rituale.

Es war ein neuer Anfang, ein neuer Beginn, so als hätten wir niemals vorgehabt, diesen heimeligen Ort zu verlassen.

Diesen Winter musste ich mich in primitiv, vorgefertigtem, doch wärmendem Fell begnügen, wenn ich der stickigen, dicken Luft, aus der Höhle entfliehen wollte.

Denn in der Höhle war es zu dunkel für feine Näharbeiten, meinerseits.

Im Frühling, im hellen Sonnenlicht im Sommerlager, würde ich aus meinem winzigen Nähkästchen, die stabilste und gleichsam die feinste Nadel, je nach Fell Art auswählen, um meine Winterkleidung selbst zu fertigen.

Mit meiner scharfen Schere, gelang es mir, die Felle nach Bedarf zurecht zu schneiden um sie sodann maßgerecht mit feinen, doch robusten Sehnen zusammen zu nähen.

Doch würde uns noch ein weiterer Winter hier festhalten?

Oh nein, nicht noch einmal, eingezwängt mit Müttern, ihren Säuglingen und quengelnden Kleinkinder, ihren stinkenden Ausscheidungen, dem Geruch, den man nicht ignorieren konnte - durchstehen müssen.

Bis in die tiefsten Gänge und Ausläufer der Höhle, fand man

die duftenden Tretminen, die noch von den Jahren davor, vor sich hingammelten.

Keiner sah sich verantwortlich, sie zu beseitigen.

Gleichwohl, wäre ich für einen weiteren Winter gewappnet.

Warme Pelzmäntel, stapelten sich unterdessen in meinem Lager, deren heutiger Wert, kaum auszumachen wären.

Meine feinen Nadeln erfreuten sich an großem Interesse bei den Frauen, die dergleichen niemals vorher gesehen hatten.

Doch mein Vorrat an Nadeln reichte nicht aus, um alle Begeisterten, mit dem Werkzeugen zu versorgen.

Immer und immer wieder startete Albert einen neuen Versuch, uns eine halbwegs bewohnbare, wetterfeste Hütte zu bauen.

Doch fehlten die nötigen Werkzeuge, wie eine Axt, Säge, Nägel und Schrauben.

So wollten seine hartnäckigen Versuche zu keinem Erfolg führen.

Wie sollte er Bäume fällen und die Stämme miteinander zu einer Wand gestalten.

„Das Dach, wäre noch das kleinste Problem, ich konnte das Riedgras mit Sehnen bündeln und miteinander verbinden.

Doch ohne Grundmauern und stabilen Wänden, nutzte auch

das schönste Dach nichts.

„Sieh selbst, so ist es nur eine Ansammlung von Geäst, welches der kleinste Windhauch umwirft.

Ein Haufen Brennholz," ereiferte er sich, stirnrunzelnd und trat mutwillig dagegen, sodass alles zusammenfiel.

„Grundmauern kannst du doch aus Felssteinen bauen. Große Steinbrocken liegen doch zuhauf am See," warf ich ein.

„Bah, ohne Zement und Mörtel?"

„Nun ja - ganz einfach, du nimmst Lehmerde, machst sie nass und sie wird hart wie Zement, wenn sie trocken ist!"

„Ich soll ein Steinhaus bauen? Vermutlich verlangst du auch noch Fenster und einen Kamin. Meine Güte, ich bin doch kein Baumeister!"

Mein täglicher Ausflug endete am See, an dem ich mit dem Rest des Waschpulvers meine Wäsche wusch.

Was nicht unentdeckt blieb.

Denn bald musste ich feststellen, dass die zarten Teile meiner Unterwäsche, die ich zum trocknen in die Büsche hing, am nächsten Tag verschwunden waren.

Die Übeltäter stellten sich schnell heraus, als ich sie in meinen Höschen bekleidet herum stelzen sah.

Was mir so grotesk erschien, das ich mich vor Lachen

kaum zurückhalten konnte.

„Oh ihr Schelme, gewiss würde ich sie euch gerne schenken, wenn ich genug davon vorrätig hätte, doch mein Bestand an Wäsche, hat sich im Laufe der Zeit, minimiert.

Nun also runter damit, gebt sie mir zurück.

Ach, wie ärgerlich, jetzt kann ich sie wieder waschen.

Nun ja, mancher Mann und auch viele Frauen sind gewiss reizvoll in ihrer natürlichen Nacktheit, doch viel interessanter ist es - knapp die Blöße verdeckend, dachte ich, schmunzelnd.

Doch unsere urigen, unbedarften Freunde, wussten nichts von derlei Reizen und Koketterie.

Meine Tage waren voll ausgefüllt, zudem ich neben der üblichen Tätigkeiten, auch die Kinder zu hüten, noch als meine Aufgaben sah - Albert mit diverser Kleidung zu versorgen, denn er hatte im Gegensatz zu mir, kein Gepäck mit auf die unvorhergesehene Reise genommen.

Nachdem seine einzige Hose, Hemd und Jacke, nur noch aus durchlöcherten Fetzen bestand.

So waren einigermaßen kleidsame Shorts und Westen herzustellen. Ein Ballen Stoff wäre jetzt wünschenswert, dachte ich so manchen Tag.

Denn Albert weigerte sich aus anerzogener Moral
und Eitelkeit, nackt wie alle anderen, herumzulaufen.
Was ja auch verständlich war.
So sah ich mich in der Pflicht zu improvisieren und für ihn,
praktische Kleidungsstücke zu zaubern.
Ebenso dringlich erschien es mir, die zottigen Haare,
unserer Schützlinge zu entfilzen, indem ich ihnen die
struppige Wolle stutzte, was ich nur durch einen radikalen
Haarschnitt erreichen konnte und ihnen einen ordentlichen
Pagenschnitt verpasste.
Doch die üblichen Krabbeltiere nötigten mich,
etlichen von ihnen, einen totalen Kahlschnitt zu verpassen.
Ein morscher Baumstamm diente als Friseurstuhl, auf dem
einer nach dem anderen, bereitwillig Platz nahm.
Wie albern es auch sein mochte, konnte ich nicht dagegen
an, den Haarschnitt der Männer eine Handbreit kürzer,
als bei den Frauen und Mädchen, ausfallen zu lassen.
Ebenso nötig, bedurfte Albert einer Auffrischung seines
Image, auch er sah inzwischen aus, wie ein verwilderter
Landstreicher, nicht zu vergleichen mit dem smarten
Schönling, der er war, als ich ihn einst auf dem Schloss
kennen lernte.
Da war er ein eitler Fant, mit einer sorgfältig gelegten
Schmalzwelle über der Stirn - mittels Zuckerwasser
und einem gezwirbelten, mit Hilfe einer Brennschere

in Form gebrachen Bartschmuck.

Mit einem schmachtenden Blick auf die Damenwelt.

Angesichts seiner Vorliebe für übertriebene Geltungssucht und Geckenhaftigkeit, zählte er zu den bevorzugten Günstlingen des Grafen, der in seiner Jugend,

noch den vollen Protz und Pomp der Glitzerwelt bei Hofe erlebt hatte.

Doch hier zählte all das nicht. Hier zählte allein die Manneskraft - ein echter Kerl, der zupacken - ein Kerl der einen ausgewachsenen Bock, allein mit seiner Muskelkraft, niederringen konnte.

Sie alle saßen zahm wie Lämmer vor mir und genossen meine sanfte Hand an ihrem Haupt, wenn ich ihnen über den Nacken strich und genossen mein unerschöpfliches Wirken.

Meine eigene, hüftlange, blonde Mähne, trug ich zu einem festen, geflochtenen Zopf gebändigt, damit er,

mangels unzureichender Pflege , ohne Shampoo nicht zu verfilzen begann.

Einige der jungen Frauen, die sich als Herausforderung im Flechten geübt - hatten sich herauskristallisiert und als Perfektionisten hervorgetan, täglich mein Haar zu flechten.

Mein eigenes Haar abzuschneiden, kam für mich nicht in Frage. Denn Günter, mit dem ich nun bald zusammentreffen würde, in der anderen Zeit, hatte mich nie anders erlebt.

War es nicht auch Günter, der mir die vielen langen Jahre, die uns vergönnt waren, stets mein langes Haar gebürstet und mit Eifer den Zopf geflochten hatte?

Das streicheln der Bürste, machte die Sensiblen, unheimlich an, sodass sie geradezu wie Kätzchen, zu schnurren begannen.

Wenn ich mich mit unseren Gastgebern so intensiv beschäftigte, kamen wir uns zwangsläufig näher.

Wodurch eine innige Vertrautheit erwuchs.

Aus den anfänglich geglaubten Wilden, waren sanfte Vertraute geworden.

Insbesondere, nachdem wir die anderen Urmenschen gesehen hatten, erschienen sie uns beinahe fortschrittlich, aufgeschlossen und begabt.

Ihre Wortbildung bestand mittlerweile aus mehreren Silben, halbwegs verständlicher Wortbildung, der Impulse aus unserer Sprache. Denn sie eiferten uns eifrig nach.

Ein Knabe, wohl 14 Jahre, tat sich in seiner Wissbegier, besonders hervor.

Er schlich uns neugierig hinterher - wollte alles genau wissen.

So nahmen wir ihn auf unsere Erkundungstouren in der weiteren Umgebung mit.

Wir nannten ihn Roland.

„Er wird mit Sicherheit, einst zum umsichtigen Clanführer aufsteigen," sagte ich, nachdem er, eine von uns gestellte, knifflige Aufgabe mit Bravour bestanden hatte.

Der Sommer und Herbst verging wie im Fluge.
Albert wurde mit jedem verstreichenden Tag unruhiger.

Wieder einmal, machten wir uns, nicht ohne Wehmut, auf den Weg zum Zeitenkanal.
Um die Furcht vor einer erneuten Enttäuschung zu überspielen, plapperte ich munter drauflos.
„Nun wirst du die Flucht vor mir ergreifen, wenn wir wieder frei sind, je weiter desto besser."
„Oh bei Gott, du hast mir ein unglaublich utopisches Abenteuer beschert.
Vermutlich wäre es das Beste. Ich sollte dich verabscheuen und hassen. Doch ich kann gegen mein wildes Herzklopfen nicht ankämpfen. Das Herz hört nicht auf den Verstand. Ich bin dir total verfallen.
Das wollte ich dir schon lange sagen, aber irgendwie war nie die passende Atmosphäre um uns.
Dauernd schlichen irgendwelche Nackten um uns herum, zerstörten jede zärtliche Romantik.

Weiblein und erst die Männer mit ihrem herausfordernden Glied. Sowie bei einem abstoßendes Weib mit ausgemergeltem Hängebusen, überkommt mich eher ein Ekelgefühl, als das sie mich beflügeln könnte, mit ihren schwabbelnden Hängetitten!"

„Na - na, was spinnst du da. Du hast es doch mit allen jungen Weibern getrieben!" warf ich ein.

„Na ja, im Dunkeln fühlen sich alle gleich an, oft fantasierte ich, das du es warst, die mich willig aufnimmt und dennoch hatte ich mich nie daran gewöhnen können, dass sie ihre Schamlosigkeit so willig anbieten, wie Tiere!"

Nun, die Scham ist uns nicht angeboren, sondern erst viel später anerzogen. Besitzansprüche, Zurückhaltung und Eifersucht entstanden, erst als der Mensch die Zusammenhänge zwischen Zeugung und Geburt verstand und sich eheartige Verbindungen und Gemeinschaften, zwischen Mann und Frau bildeten."

„Du meinst, sie wissen gar nicht, dass sie mit dem Geschlechtsakt der Frau den Samen für neues Leben einpflanzen und daraus der Nachwuchs entsteht?"

„Nein - wie denn? Jeder treibt es jederzeit mit jedem Mädchen - lange schon bevor sie Geschlechtsreife erlangt haben, werden sie schon von den heißblütigen Kerlen, penetriert. Das gehört zum Alltag."

„Oh Mann - wie unmoralisch und verwerflich.

Ich bin froh, dass wir all das hinter uns gelassen haben.
Jetzt erst nach gewissem Abstand, kann ich unsere
Beziehung, von der romantisch, poetischen Seite
betrachten - und dich als eine fleischgewordene
Traumgestalt sehen, wie geschaffen für mich.
Nun kann ich dich endlich fragen.
Wo kommst du eigentlich her? Plötzlich warst du da!
Sag, kommst du aus Märchenbüchern,
als Fee in Spinnwebtüchern. Bist du eine Elfe aus dem
Zauberland?"
„Ja, ich bin tatsächlich aus geheimnisvollen Büchern
auferstanden. Wie du es so schön ausdrückst,
doch für dieses Abenteuer, bin ich nicht zuständig.
Und schon gar nicht für dich geschaffen.
Ich bin keineswegs auf der Suche nach irgendeinem Mann,
mit uns kann es nichts werden.
Ein ganz anderer Mann kommt nur für mich infrage.
Nur mit ihm will ich mein Leben teilen...
Aber als Freund und Kumpel, bleibst du immer gern gesehen.
Nachdem wir gemeinsam so viel erlebt und durchstanden
haben."
„Bah - als trottliger Freund bin ich dir gut genug!
Das war also deine Hinhalte - Technik.
Oh du gemeines Luder. Warum nimmst du mich nicht für
voll. Ja du ziehst es noch nicht einmal in Betracht,

mich als deinen Bräutigam oder auch nur einen vollwertigen Partner zu sehen. Habe ich mich nicht als harter Kerl,
als ganzer Mann erwiesen?
Du behandelst mich, als wäre ich ein kleiner dummer Bengel, der noch grün hinter den Ohren ist."
„Oh nein, denk um Gotteswillen so etwas nicht.
Ich respektiere dich als Mann, nur bist du nicht der Richtige.
Der einzige der für mich infrage kommt, wird mir bald begegnen.
Du bist es leider nicht und kein anderer - nur Er."
Albert starrte mich sprachlos, kopfschüttelnd an.
„Woher weißt du von diesem Kerl, diesem - Einzigen - der dein Hirn vernebelt?"
Ich weis es aus den alten Schriften, die meine Zukunft bestimmen," fügte ich, genervt hinzu.
„Welche alten Schriften sollen das sein?" fragte er verständnislos.
„Ich glaube, du hast einen ernsthaften Schaden genommen." beendete er das Thema.

Mittlerweile hatten wir unser Ziel fast erreicht.
Doch zu unserer Enttäuschung, fanden wir die Höhle noch immer besetzt vor.
Ebenso wie die Jahre danach.

Natürlich haben wir uns nie abgefunden, auf ewig dieses urtümliche Leben in der Steinzeit, fortzuführen.

Doch die Jahre verrannen.

In unserer Not, Verzweiflung und Hoffnungslosigkeit, erwägten wir dieses Mal, mit Waffengewalt, uns den Weg frei zu schießen.

Denn wir besaßen ja noch unsere tödlichen Waffen - Albert seinen Revolver und ich meinen Colt, den ich bei meinen Büchern gefunden hatte.

Wenn wir auch nur eine beschränkte Anzahl an Munition besaßen, so würden sie dennoch einen Teil der unliebsamen Besatzer, unseres einzigen Zugangs in unsere Welt, niederstrecken.

Der Lärm jedoch, des unverständlichen Bombardements der uneinsehbaren Waffen, die unsichtbar auf großer Entfernung töteten - würde die restlichen Besetzer in höchste Panik versetzen und in die Flucht schlagen.

Welch eine schändliche, grausame Untat.

Doch wir sahen es als unseren letzten Ausweg, dieser Zeit zu entkommen. Unsere Geduld war zu Ende.

Mit gemischten Gefühlen, näherten wir uns dem Berg.

Wie gerne hätten wir diesen letzten, brutalen Angriff vermieden.

So rüsteten wir uns auf das unumgängliche Gemetzel.

Erst jetzt bemerkten wir den jungen Roland,

der uns auf Abstand gefolgt war.

Doch alles kam anders, als befürchtet.

Wir brauchten nicht zu unseren Waffen greifen,

denn andere waren uns zuvor gekommen.

Vermutlich eine räuberische Bande, hatte ganze Arbeit geleistet.

Am Fuße des Berges sahen wir unzählige Leichen der Vorzeitmenschen - von Pfeilen durchbohrt.

Eine Schar Krähen und Geier flogen ärgerlich, krächzend auf, als wir uns näherten und sie bei ihrem Festmahl störten.

Womöglich waren die bestialischen Schlächter noch in der Nähe und lechzten danach, auch uns abzuschlachten.

Warum nur dieses abscheuliche, sinnlose Blutbad, dieses fürchterliche Gemetzel, wenn sie die Höhle gar nicht erobern wollten.

Denn die Höhle hatten sie nicht besetzt.

In ihr fanden wir später noch weitere Leichname, die keine Chance zum fliehen hatten.

Vor Grauen bibbernd, stiegen wir über die Kadaver, die in ihrer Unschuld, doch nur leben und sich fortpflanzen wollten.

Nun hatten wir große Eile.

Das Ziel war so nahe.

„Komm liebste Carla, komm schnell, bevor es wieder zu spät ist." drängte mich mein Weggefährte und fasste mich an der Hand.

Ich glaube, ich hatte noch nie so schnell den Hang erklommen.

Doch auch dort hatten uns die Berserker eine üble Überraschung beschert.

„Wir müssen sie umgehend fortschaffen, sie können unmöglich in der Höhle bleiben," rief ich in heller Aufregung.

Die Furcht saß uns im Nacken und verlieh uns Riesenkräfte.

Was sein muss, musste getan werden.

Nun erst hielt ich nach Robby Ausschau, der uns in der Höhle mit starren Roboteraugen erwartete.

Meinen alten Kumpanen, den all das nicht zu berühren schien.

„Oh Robby, wie konntest du mich nur so heimtückisch verdammen, du Schuft! Nun bring uns unverzüglich in die Zukunft. Ich warne dich, bedenke - letzten Endes Besitze ich doch die größere Macht.

Ich könnte dich auf einem Berg aussetzen oder dich in den See werfen!"

In stoischer Ruhe griffen seine zangenartigen Greifhände in sein Pult.

Das Tor schloss sich augenblicklich hinter uns.

Es knarrte und ratterte. Es erschien uns, wie eine Ewigkeit, bis es sich wieder öffnete.

Denn wir hatten eine unglaublich lange Zeit zu überwinden.

Wenn wir glaubten, unsere Odyssee wäre jetzt beendet,
so erwartete uns noch ein viel größeres Dilemma:
Das Ende der Weltenordnung, wie es uns schien.
Ein unvorstellbarer Albtraum.
Ein Horrorszenarium, die totale Apokalypse - jenseits aller
Vorstellungskraft - die uns jedoch gleich aufnahm.
Entsetzt starrte ich in das Tal, in dem ich das vertraute
anheimelnde Dörfchen zu sehen erwartete.
Doch hier gab es nichts mehr, keinen Baum und Strauch,
außer Hochhausruinen.

Was war hier geschehen?
Wo waren die Menschen - sollte es womöglich das Ende

der Menschheit sein? Was erwartete uns hier?

In welche Zeit hatte uns Robby nun wieder verfrachtet?

Eine unheimliche Stille lag über dem Ort, wo es vor hektischem Leben sprudeln sollte.

Kein dröhnender Autolärm belebte die Großstadt, zwischen den zerstörten Hochhäusern.

Erschüttert stapften wir über Geröll und Tierkadavern.

Bis wir sie - die Menschen - einstiege Bewohner fanden, in der großen Stadthalle, zu einem riesigen Leichenberg aufgestapelt.

Doch wer hat sie eingesammelt und zu ihrer letzten Ruhe an diesen unwürdigen Ort gebettet?

So muss es doch noch Überlebende geben - wo aber, waren sie?

Auch in Albers Augen, las ich das blanke Entsetzen.

„Das ist also das Ende der Zeit - das Weltenende.

So sieht also der Weltuntergang aus," murmelte er verstört.

„Ich fürchte du hast recht. Das ist also geblieben, wofür der Mensch von Anbeginn der Zeit gestrebt hat," bestätigte ich, unbehaglich die Schultern zuckend.

„Komm Carla, lass uns dieses Horrorszenarium so schnell wie möglich wieder verlassen. Nachdem wir nun wissen, wie viel oder besser, wie wenig Zeit der Menschheit noch bleibt, sich selbst zu zerstören."

„Nein, noch lange nicht. Wir wissen ja gar nicht welche Zeit

es ist. Wir wissen gar nichts - kennen nicht die Ursache
der Verderbnis, die mit einem Urknall begonnen
und mit einem Knall endete. Zudem drängt es mich,
die letzten Überlebenden ausfindig zu machen."
So irrten wir Stunden - Tagelang durch die verwüsteten
stillen Straßen, zwischen den trostlosen Häuserschluchten.
Bis wir - Ihn - sahen.
Nicht krank und gebrochen, sondern putzlebendig,
dynamisch wie immer voller Tatendrang, trat er aus einer
Hausruine und streifte mit einer lässigen Bewegung den
Staub von seinem Lederdress.
„Wie ich sehe, sucht ihr nach mir. Ja ich bin es - der letzte
Mohikaner. Was schaut ihr so entsetzt. Wer sollte es sonst
sein, wenn nicht ich."
„Justin du?" stammelte ich, verwirrt.
„Ja ich, da siehst du, wohin die Maßlosigkeit der Menschheit
letzten Endes geführt hat. Alles ist so gekommen wie ich es
schon viele hunderte von Jahren prophezeit habe.
Ja Jungchen, da staunst du und reist die Augen auf,
was schleichst du meinem Herzblatt hinterher.
Also wirklich Carla, mich erstaunt deine neue Vorliebe
für junge Liebhaber. ich dachte, du weist einen erfahrenen
Galan mehr zu schätzen - und wie läuft der Knabe rum?
Ha ha, ihr kommt wohl direkt von einem Maskenball?"
„Ach du nervst. Immer dasselbe, angeberische Theater,

wenn du mir begegnest. Ist das jetzt denn wichtig?
Berichte mir lieber alles was hier geschehen ist.
Ich sehe du trägst keine Gasmaske."

„Nun ja, es war keine Atombombe, wie du zu glauben
scheinst. Sondern die brodelnde, atmosphärisch
aufgeladene, kochende Luft, hat zu dieser alles zerstörenden
Explosion geführt.
Nun ist die Luft wieder rein und wäre bereit für einen
Neuanfang, doch es ist zu spät. Alles Leben ist vernichtet,
der Baumbestand und die gesamte Vegetation ist verbrannt.
Allenfalls kann es noch Ratten geben, in der tiefsten
Kanalisation.
Es hat noch gebrannt und entsetzlich gestunken, als ich den
Schauplatz des Grauens betrat. Ich konnte nicht atmen.
Ich wusste ja zunächst nicht die Ursache des Exodus,
dieser verheerenden Apokalypse.
So flüchtete ich mich in mein schmuckes, kleines Raumschiff,
in dem ich gerade erst nach jahrelangem Herumirren im
Raum, gelandet war und drehte noch ein paar Runden um
den Globus. Um zu sehen, was auf der Rückseite unserer
Mutter Erde geschah.
Doch es qualmte überall.
Kein einladendes Plätzchen, das mich zum Verweilen lockte.
Bis auf - nun ja - die Arktis.   Doch auch sie war nicht gerade
verlockend, denn dort gab es nichts, als dampfendes Wasser,

welches ganze Kontinente überflutet hat.

Wir beide könnten jetzt die Zukunft neu erfinden und verändern!

Dein Günter hat dich wohl verschmäht, oder weshalb ziehst du mit diesem Spargel -Tarzan herum?"

Nun konnte Albert nicht länger an sich halten.

Seine Faust schoss in das Gesicht seines spöttisch grinsenden Gegenübers.

Doch sie erreichte es nicht - wurde abgefangen mit eisernem Griff, der Arm verdreht, sodass er in eine erbärmlich geduckte Stellung geriet und keuchend nach Luft schnappte.

„Versuch das nie wieder, Bürschchen, sonst breche ich dir sämtliche Knochen,"

zischte Justin, zwischen den Zähnen hervor.

„Und nun zu dir liebste Carla. Wie ist es dir in den letzten Jahren ergangen, von denen ich nichts weis.

Denn sonst weis ich alles von dir. Ich weis noch alles - hab nichts vergessen. Besonders von dir Carla.

Während ihr alle gestorben und wiedergeboren und alles aus den vorigen Leben vergessen habt - habe ich schon beinahe 800 Jahre ohne Pause durchgelebt.

So weis ich noch alles was in dieser Zeit geschehen ist.

Ja da glotzt du dämlich, du unwissendes Bürschchen,"

spöttelte er, mit einem abschätzenden Blick auf Albert, der ungläubig, staunend neben mir stand.

„Dummer Bengel, der sich als ein Mann glaubt und doch unwissend, wie ein Baby ist," fuhr er in seiner Hasstirade fort.

„Oh da täuschst du dich, auch ich habe unglaubliches erlebt und durchstanden," widersprach Albert hitzig.

So begannen die Streitereien und Machtkämpfe der Beiden bereits am ersten Tag und so ging es weiter.
Es verging kein Tag, an dem sie sich nicht einen Schlagabtausch lieferten.
Nicht selten musste ich eingreifen und im Notfall die Kampfhähne trennen.
Justin in seiner Überheblichkeit, Kraftmeierei und seinem ausgeprägten Machtwillen war es, der den Jüngeren permanent, immer wieder niederredete und provozierte.

Ungleicher hätten die beiden nicht sein können.
Nicht nur in ihrem äußeren Erscheinungsbild, waren sie völlig unterschiedlich.
Der Jüngere, stets freundlich und angenehme Albert mit klarem, offenen Blick.
Wo hingegen der Ältere, in spöttischer Distanziertheit, sein Äußeres, meist hinter einem Deckmantel von raffinierten Tücken verbarg. Ein Charmeur und Frauenversteher mit

hundert Sünden im Gesicht, noch immer unglaublich anziehend, interessant und aufregend - mit der Ausstrahlung eines Filmidols, der gerade einem Western oder Krimi entsprungen zu sein schien, stets zu neuen Herausforderungen bereit. Zupackend und unermüdlich sein Ziel verfolgend, schließlich musste er ja, ständig die Welt retten.

Es war nie langweilig neben ihm.

So muss ich gestehen, das auch ich in der Vergangenheit, nicht selten seinem Charme unterlag.

Eine Hassliebe, die uns durch alle Zeiten verband.

Nun allerdings, in der jetzigen Situation, die unserem Überlebenskampf alles abverlangte, stand uns nicht der Sinn nach Amore.

Justin nahm seine Aufgabe als Weltenretter sehr ernst und verfolgte akribisch und verbissen, seinen Plan, uns einen neuen Lebensraum zu schaffen - er schuftete bis zur Erschöpfung, Geröll und Steinbrocken von den Straßen zu beseitigen.

Ächzend und fluchend, wies er den ungeschickten Albert, in seine kraftzehrenden Aufgaben.

Dem Albert, der wie ein Kind mit großen Augen staunend das skurrile Chaos betrachtete - brannten hundert Fragen auf der Zunge.

„Was sind das nur alles für merkwürdige Blechhaufen?

Sie sind wie aeh - Behausungen für Zwerge oder Kinder.

Sind das dazwischen nicht Fenster oder Türen?

So erinnern sie ein wenig, an unsere letzte Nobelkutsche,

aber sie sind so furchtbar hässlich."

„Es waren tatsächlich Kutschen nur etwas moderner und

fortschrittlicher als zu deiner Zeit. Denn sie fahren ohne,

von Pferden gezogen zu werden," leierte Justin genervt

herunter.

„Nun kannst du dich, als echter Mann erweisen."

Während ich der Aktion mit gemischten Gefühlen,

entgegen sah. Meine Güte, wozu dieses ganze Theater.

Ich habe keineswegs die Absicht hier lange zu bleiben,

dachte ich, genervt.

Womöglich verpasse ich noch den rechten

Zeitpunkt - des so lange schon ersehnten Zusammentreffens

mit Günter und mir.

Welche Zeit mag wohl sein? Es war äußerst wichtig,

den genauen Zeitpunkt zu treffen, denn jede Zeit

gibt es nur einmal.

Ich wusste das wir uns am Winteranfang befanden.

Obgleich die Temperatur, zunächst nicht weniger

als 18 Grad° betrug. Doch mit jedem Tag wurde es kälter.

Bald lag die Temperatur unter 0 Grad° und sank weiter ab.

Nicht ungewöhnlich für einen Dezember, doch ungewöhnlich für diese erhitzte Zeit.

Die Kälte aus dem All erreicht uns ungehindert, dachte ich unbehaglich. Doch ich behielt es vorerst für mich.

Als ich dereinst das erste Mal meinen Fuß in die vergangene Zeit setzte, war September - der magische Monat, überlegte ich.

Wenn es jetzt Dezember ist, so war der Zeitpunkt entweder vorüber - in neun Monaten - in einem oder zwei Jahren.

Der ständige Hunger und die Suche nach einem halbwegs behaglichen Schlafplatz, zermürbte uns.

Wieder einmal durchstreifte ich die winddurchzogenen Ruinen, nach brauchbaren Utensilien, die wir benötigten würden, wenn wir endlich eine geschützte Unterkunft hätten - ein kleines Häuschen mit einem heilen Dach.

Als Justin mit einem breiten Grinsen auftauchte und mir eröffnete.

„Komm mein Herzblatt, ich habe ein herrlich, lauschiges Plätzchen - ein Liebesnest für uns gefunden.
Du wirst staunen. Komm, nimm meine Hand
und geh mit mir."

Es war nicht mehr, als eine kaum zerstörte Kabine eines Fahrstuhls, in einem einstigen Luxushotel.
Ausgehungert nach zärtlicher Berührung und sinnlicher Begierde, stürzten wir uns keuchend vor Lust, in die Arme.

„Wirst du nun bei mir bleiben, nur du und ich, keiner wird uns stören und auseinanderbringen."

„Wir sind zu dritt und werden es auch bleiben," setzte ich nüchtern entgegen.

„Du ziehst es also nicht einmal in Betracht," entgegnete er ernüchtert. „So geh zu deinem trottligen Schleimer, geh zu ihm, doch es wird dir noch leidtun," fauchte er, aufgebracht.

Ich ging zu ihm, um mich auszuheulen.

„Was ist vorgefallen, hat der Spinner dich auch beleidigt? Wie kann der 800 Jahre sein? Ist er der strafende Gott oder der Teufel? Du kennst ihn gut, ich habe es gleich gesehen, am ersten Tag. Da war schon so etwas vertrautes zwischen euch."

„Nun, er ist tatsächlich so alt. Doch er hat die meiste Zeit im All verbracht. In einem Raumschiff, in der Zeitlosigkeit der Unendlichkeit, dort oben altert man kaum," entgegnete ich, um eine halbwegs, glaubhafte Erklärung für sein unglaublich, langes Leben zu geben.

„Ja auch ich, war schon im Himmel, doch ich durfte wieder auf die Erde zurück. Da Oben ist auf die Dauer kein Platz für mich frei."

„Mit einem Raumschiff im Himmel!" fragte er und sah in das weite Himmelszelt.

„Aber wie soll man dort hingelangen. Es wird ja immer verrückter."

„Glaub es oder glaub es nicht. Man fliegt ganz einfach!"

„Fliegen? Wie kann der Mensch fliegen ohne Flügel?"

Diese Frage war einem, im Jahre 1833 Geborenen

angemessen und unmöglich zu erklären.

Selbst wenn es der Traum und das Sehnen der Menschheit schon seit Anbeginn der Zeit war, fliegen zu können.

Unser eigentliches und größtes Problem,
war der Zeitenlenker, der Robby, der starrköpfig
und scheinbar mit wonnigem Vergnügen - uns in die Irre führte und somit sein Amt missbrauchte.

Scheinbar hat er das eigentliche Ziel seiner ehrenhaften Aufgabe vergessen.

Mag sein, dass er mit den Jahren dement wird - was ich aber nicht glaube, denn sein exzellenter Geist,
ist für die Ewigkeit geschaffen.

„Wenn er der Zeitenlenker ist, so müsste er doch in der Höhle sein. Aber wo ist er? Ich habe ihn noch nie gesehen. Alles ist gewiss ganz anders, als du mich verstehen lässt."

Es war gewiss keine Ignoranz, sondern ganz einfach
die frühe Zeit, die derlei Spekulationen der Anschauung,
nicht bereithielt.

„Du hieltest nach einem imponierenden, übermenschlichem Wesen Ausschau. Tatsächlich steckt er nur in einem banalen Roboter fest."

„Ach ich muss zugeben, das ich noch keinen Roboter gesehen habe. Wie sieht ein Roboter aus?"

„Nun, es gibt verschiedene Arten von Robotern. Sie sind aus Edelstahl und werden für die jeweiligen Aufgaben programmiert, so können sie perfekt Maschinen

bedienen oder im Haushalt diverse Aufgaben erfüllen, wie Wäschewaschen, Staubsaugen und Rasenmähen. Freilich haben sie keinen eigenen Willen. Sie tun nur, wofür sie geschaffen sind. Bei unserem Robby jedoch verhält es sich anders.

Er hat gewiss einen eigenen Willen. Denn er besitzt ein denkendes Hirn - kann abwägen was er tun und nicht tun will. Also eine gewisse Intelligenz."

„Wie ist das zu verstehen? Also ich versteh gar nichts!"

„Ach, das sprengt den Rahmen deiner Vorstellungskraft
und Vernunft. Das kann auch ein realistisch, begabter
Mensch nicht verstehen und du schon gar nicht.
Zumal du in deiner anschaulichen Welt eingeengt, weit fern
von aller fortschrittlichen Genese lebtest - wo Sonne,
Mond und Sterne am Himmel ihre Bahn ziehen und unsere
Erde einen festen Platz hat.
Viele glauben gar noch, die Erde wäre eine Scheibe,
fest verankert und der Mittelpunkt des Universums - unsere
einmalige Welt.
Doch hoch von oben in der Unendlichkeit des Alls,
siehst du unsere Erde als kleinen Planeten, ein Stern,
wie all die anderen Planeten, derer es unzählige gibt,
im All schweben. Doch keiner gleicht dem anderen.
Keiner hat solche wunderbaren Lebensbedingungen,
wie die perfekte Atemluft, Wasser, Vegetation und Wärme,
welche die Sonne spendet!"

„Du willst mir weismachen, das unsere Erde schwebt?
Ha - wie soll das gehen, sie ist doch viel zu groß und schwer,
sie würde ja hinunterfallen, solch ein Unsinn!"

„Nun, glaub was du willst, ich wusste das du es nicht
verstehen wirst. Sei es drum.
Ich werde mit Robby ein ernstes Wort reden müssen,

wenn er nicht endlich zur Vernunft kommt und weiterhin
sein Spiel mit uns treibt, werde ich ihn verbannen,
von seinem verantwortungsvollen Posten, den er nicht mehr
ordnungsgemäß auszuführen gedenkt!"
„Du sprichst von einem blechernen Behälter, als wäre er ein
hochbegabtes Wesen!"
„Oh, das ist er gewiss, er besitzt einen exzellenten Geist
und eine unglaubliche Macht. Doch wenn er die Macht
missbraucht, bedarf er eines rabiaten, furchteinflößenden
Denkzettels, der ihn aufschreckt.
Verwirrt und nachdenklich, fuhr Albert in seiner
Beschäftigung fort - Steine aus den Mauern zu klopfen.
Nach einer Zeit, näherte sich Justin mit verbissener Miene,
um die brauchbaren Steine auf einem dreirädrigen,
zerbeulten Vehikel, fortzukarren.
Er stapelte sie zu einer Grundmauer, neben Zementsäcken,
die er irgendwo aufgetrieben hatte. Morgen wollte er mit
dem Mauern beginnen.
„Verdammt nochmal, wie soll ich ein Gerüst aufbauen,
wenn es kein Holz gibt. Selbst die Eisenträger sind
geschmolzen und zu Klumpen verformt," klagte er,
grimmig den Kopf wiegend.
In seinem Tatendrang und Eifer, hatte er längst eine Skizze,
des zu bauenden, neuen Hauses angefertigt.
Sein Vorhaben in die Tat umzusetzen, bereitete ihm Mangels

fehlendes Materials, Kopfzerbrechen.

Doch seinen Plan aufzugeben, war nicht sein Ding.

Das geht nicht - gab es nicht in seinem Wortschatz.

Alles geht, wenn man es nur will.

„Du sagtest: Die Luft ist jetzt rein!" bemerkte ich,
am folgenden Tag. Doch kann es sein, dass der Schutzgürtel,
der unsere Erde umgibt, größtenteils zerstört ist und uns
somit die giftigen Gase und die Kälte aus dem All,
ungehindert erreichen!" setzte ich zu einem Thema an,
das mich schon vom ersten Tag an beschäftigte.

„Es dürfte unterdessen schon April sein, doch es ist noch
erbärmlich kalt." fügte ich, bedenklich hinzu.

„Daran habe ich auch schon gedacht, doch den Gedanken,
wieder verworfen. Denn glaub mir, dann würde es uns viel
schlechter gehen.

Schwindel, Kopfschmerzen, Benommenheit, bis hin zum
Kollaps, wären die Folgen. Obgleich ich bei dir Anzeichen
von Verwirrung feststelle," ergänzte er grinsend.

„Ich weis doch genau, dass du noch immer mit dem
Gedanken spielst, deinen Günter zu treffen.

Doch deine Welt liegt in Trümmern. Der wird dich noch nicht
einmal mehr mit der Kneifzange anfassen."

„Was redest du für einen Unsinn, in deiner krankhaften

Eifersucht," brauste ich auf, „natürlich wartet er auf mich."
„Ach tu nicht so überheblich, als wärst du ein Engel.
Ich weis am allerbesten von deinen Sünden, deiner
permanenten Untreue, all die vielen Jahre hindurch,
bis du ihn schließlich ganz fortgeworfen hast,
wie ein ausgedientes Sofa - Ihn, der dich bis zum Wahnsinn
liebte - Ihn, der vor Gram verging und schließlich sein Leben
selbst beendet hat!"
„Oh du gemeiner Intrigant, wie du lügen und alles verdrehen
kannst. Aber du warst es doch am Anfang, zu dem ich ging.
Der mich mit aller List verführt und verdorben hat,
du weist es - na ja, es war wohl die erotische
Anziehungskraft, die uns immer aufs Neue verkuppelte,"
räumte ich ein.
„Ja gut, aber da gab es auch noch andere. War da nicht noch
der unrühmliche, bestialische Oberindianer, der
Räuberhauptmann. Den du unbedingt haben musstest?"
„Aber, der hat mich entführt und gefangen gehalten."
„Bah, du konntest in Wahrheit nicht genug von ihm
bekommen und hast viele Jahre mit ihm gelebt, bis zu
seinem Ende. Damals hast du auch, vernarrt und liebestoll,
wie du in den Schurken warst, deinen treuen Günter
abserviert und schändlich verlassen."
"Aber das ist mittlerweile über 100 Jahre her, warum sagst
du das jetzt?"

„Nun, es muss doch mal gesagt werden, damit du nicht wieder auf dumme Gedanken kommst."

Ich sollte dich verabscheuen und hassen, dachte ich.

Doch er war es, der die Worte aussprach.

„Ich habe es nie leicht gehabt - musste mich mit allen Mitteln behaupten und durchsetzen, musste so viele Stolpersteine überwinden." entgegnete ich, verbittert.

Ich hatte wohl gerade eine düstere, aggressive Phase von ihm erwischt.

Denn er fuhr unerbittlich fort: "Ach du - dir fällt doch alles in den Schoß. Du brauchst keine große Show abziehen, wo immer du erscheinst, füllst du den Raum - bist augenblicklich Mittelpunkt. Dein Gefolgsmann ist nur ein Schatten. Er himmelt dich an, wie eine Göttin."

„Nun ja, er ist wohl ein wenig verliebt," räumte ich ein.

„Ein wenig verliebt? Er ist dir total verfallen oder weshalb folgt er dir auf allen deinen Irrwegen? Siehst du denn nicht seine Blicke? Er würde mit dir durch die Hölle gehen!"

„Ach ja - und du?"

„Nun, ich würde dich vor allen Gefahren bewahren und dich erretten. Doch meine wahren Gefühle, haben dich nie interessiert. Mit meinen Gefühlen hast du nur gespielt."

„Ach du bist doch zu keinen großen Emotionen fähig.

Dir schwirren doch ständig andere Dinge im Kopf.

Du musst ja unbedingt die Welt retten, als wärst du Gott persönlich. Wenn es dir auch jetzt gelingen mag, so wird sie in 50 Jahren wieder so weit sein wie jetzt.

Und die Zerstörung vermutlich noch viel größer.

Irgendwann wird sie nicht mehr zu retten sein und dann gibt es auch dich nicht mehr."

„Ach, was du nicht alles zu wissen glaubst," brummte er verdrossen und fuhr sodann in seinem Tun fort,

Steine auszusortieren, als wäre nichts gewesen.

Albert kam mit seiner vollen Karre zurück.

„Buh, es beginnt zu stinken, vor der Stadthalle.

Der widerliche Leichengeruch, dringt durch alle Ritzen.

Man riecht es bis hierher. Du hättest die Verblichenen in eine Grube werfen und verscharren sollen," tadelte er, den sonst so umsichtigen Justin.

Hm - ja, gab er kleinlaut zu, doch ich suchte nach einer Möglichkeit, sie zu mumifizieren, in einem luftleeren Raum, wie die alten Ägypter - mittels eines Pulvers das ich besitze, zumal mit Sicherheit auch Nachkommen von mir darunter sind. Doch diesen luftleeren Raum gibt es nicht.

Kein Haus besitzt noch ein Dach. Doch kein anderes, könnte mehr Volumen fassen, als die Stadthalle.

So bleibt uns nichts anderes zu tun, als Sie zuzumauern.

Oder drängt es dich, du Klugscheißer danach, die verwesten Leiber jetzt noch umzubetten, du neunmal kluger Phantast?"

Kapitel 15: Verbrannte Erde

Nun lebten wir mehr schlecht als recht zu dritt in dem hastig zusammen gezimmerten Rohbau, in kargem Mobiliar.

Ohne wärmendes Bettzeug.

In aller Eile wurde ein Kamin gebaut. Doch der Rauchabzug, funktionierte nicht, wie er sollte. Angesichts des fehlenden Brennholzes, blieb die Feuerstelle meist kalt. Wir hungerten und froren erbärmlich.

Der abgebrannte Wald, sah schauerlich aus.

Verkohlte Baumstümpfe, reckten übriggebliebene Aststummel, wie anklagend, gen Himmel.

Schwarz wie die Erde - schwarz war auch das verbrannte Laub, das knirschend zerstob und sich auflöste in Nichts, wenn man darauf trat.

Doch ich wusste, aus der Asche entsteht neues Leben.
Ein paar Tage Regen und dass erste Grün beginnt
zu sprießen. War da nicht schon ein grüner Schimmer
zwischen dem dunklen, verwüsteten Laub?
Ach nur Wunschdenken.
Noch war es ein Geisterwald ohne schützende, belebende
Baumkronen, in denen die Vögel ihr munteres Lied sangen.
Ohne Beeren und Wild, das wir so nötig brauchten.
Diesmal war die Situation umgekehrt.
Werkzeuge wie Axt, Säge und Hammer, gab es zu genüge,
nur fehlten die Bäume als Lebensgrundlage und Bauholz.

Wenn Justin nicht noch einige Pakete Astronautennahrung,
aus seinen Reserven herbeigeschafft hätte, wären wir schon
längst verhungert.
Es war freilich kein Genuss und wurde sparsam eingeteilt,
es langte gerade zum Überleben, denn ein übel knurrender
Magen, blieb unser ständiger Begleiter.
Zudem ging dieser Vorrat dem Ende entgegen.
Verzagt und entmutigt, lenkte ich meine Schritte zum See.
Er war genau wie die einst sprudelnden Bäche, bis auf ein
Minimum zu einem modrigen Sumpf ausgetrocknet.
Allenfalls floss noch ein träges Rinnsal im Bergbach, dass von
einer unterirdischen Quelle gespeist wurde - die unsere

einzige Wasserversorgung war.

Meine insgeheime Hoffnung, einige Fische würden sich darin tummeln, zerbarst in Traumdenken.

Wie lange kann der Mensch ohne Nahrung überleben?

Dachte ich, während ich mich auf den Weg zurück in die zerstörte Stadt begab.

Die Männer werden mich schon vermissen.

Doch sie schienen meinen Alleingang kaum bemerkt zu haben.

Kapitel 16: Geschenk der Götter

Die Männer hockten bei einer hitzigen Debatte auf einem Schotterhaufen. Ich hörte sie schon von weitem zetern.

Oh - diese Streithähne, ständig hatten sie sich in der Wolle. Nun gut - solange sie sich nicht raufen und die Zähne ausschlagen, dachte ich genervt.

So sah ich die Gelegenheit, mich noch für ein paar Stunden davonzustehlen.

Ein lang ersehnter Wunsch trieb mich, nun endlich Robby aufzusuchen, denn ich hatte noch ein Hühnchen mit ihm zu rupfen.

„Robby, du hinterhältiges, infames Scheusal, du miese Ratte. Zweimal hast du uns wissend in eine falsche Zeit befördert. Ich sollte dich verschrotten, du nutzloser Blechhaufen.

Du hättest es verdient. Aber ich habe ein Einsehen mit dir. Du kannst wieder Punkte bei mir sammeln.

Also höre gut zu. Die Zeit ist nicht stehen geblieben.

Viele Jahre sind vergangen und haben ihre Spuren hinterlassen. Ich möchte wieder Jung sein...

Nicht zu jung - so etwa um die Mitte vierzig.

Du wiegst schweigend den Kopf. Ja - ja, ich weis wonach es dich verlangt. So verspreche ich dir - im Gegenzug, aber erst nachdem du mich in meine Zeit gebeamt hast, werde ich mich für deine Verkörperung einsetzen.

Ja, wenn ich endlich mit meinem Liebsten glücklich zusammen bin."

Was gibt es noch größeres, was brauche ich denn noch das Zeitentor, überlegte ich leichtfertig.

„Okay - nun walte deines Amtes - jetzt sofort."

Ehe ich das Zeitentor wieder verließ, schaute ich mich noch einmal um. Ich stutzte, bewegte sich dort im Dunkeln nicht etwas?

Zwei Augen starrten mir entgegen. Ein menschliches Wesen, hockte zusammen gekauert an der Wand.

Oh mein Gott, sollte das unser wissbegieriger Zögling aus der Steinzeit sein?

Ein Knochengerüst, kaum mehr als ein Skelett. Nackt und bloß - so abgemagert, dass die Knochen beinahe durch die ledrige Haut stachen.

Roland, der Steinzeitsprössling - der nach dem Erblicken, unvorstellbar grusseliger schwarzer Steinungeheuer, wie aus einer anderen Horrorwelt - entsetzt zurückgeschreckt war. Zumal er in seinem Leben weder Häuser und schon gar nicht solch grässliche schwarze Ruinen geschaut hatte.

„Roland, du bist es doch. Wie kommst du hierher?

Bist du uns wieder heimlich gefolgt, in deiner Neugierde

und dann hat dich der Mut verlassen. Was du hier gesehen hast, hat dich zu Tode erschreckt. Und nun?...

„Wie ich sehe, scheinst du dich von Ratten, Mäusen, Eichhörnchen und vermutlich von allerlei Gewürm ernährt zu haben. Robby - warum beamst du den armen Kerl nicht einfach wieder in seine Zeit?

Ah - ich weis was du beabsichtigst, du hinterhältiges Monster," fauchte ich, „doch ich komm wieder und dann....."

Doch ich tat nichts - überließ die arme Kreatur ihrem Schicksal.

Warum sollte ich mich immer und überall einmischen.

Was sollte ich auch tun? Er war nicht geschaffen für die Zukunft.

Ich konnte die Jungs nicht so lange allein lassen, sie werden sich zerfleischen.

Mal sehen ob die Beiden meine Verwandlung bemerken, dachte ich, als ich mich verjüngt, beschwingt in jugendlicher Frische auf den Weg zurück begab.

Ich hörte sie schon von Weitem schreien - sich gegenseitig lautstark beschimpfen. Der Streit schien auszuarten.

„Schluss jetzt, ihr Dummköpfe, habt ihr nichts Besseres zu tun, als euch an die Gurgel zu gehen?

Ihr solltet besser nach etwas Essbaren Ausschau halten,

ehe wir elendig verhungern.

Lasst uns die Lager der großen Supermärkte,
die nicht gänzlich zerstört sind suchen, dort werden wir
mit Sicherheit noch etwas genießbares finden!"

„Aber alles ist doch verbrannt!" setzte Albert hingegen.

„Ach die großen Einkaufscenter verfügen über erstklassige
Kühlsysteme, die müsst ihr suchen, anstatt mit euren
unsinnigen Streitereien, die Zeit zu vertrödeln,"
warf ich ärgerlich ein.

„Ich werde derweilen nach Kochgeschirr Ausschau halten."

Gesagt - getan. Mürrisch machten sie sich auf den Weg.

Und oh Wunder - kehrten sie nach Stunden, vollbeladen
mit den köstlichsten Speisen zurück.

Die Nahrungskette aus den gut isolierten Gefrieranlagen,
war sehr umfangreich. Wenn auch vieles schon verdorben
war und uns die Möglichkeit fehlte, Fleisch und Gemüse zu
garen, so sicherte es uns für Wochen, ja sogar für Monate
unser Überleben, nicht verhungern zu müssen, war für eine
Zeit gesichert.

Die allgemeine Stimmung war aufgelockert, seit uns kein
Hunger mehr plagte. Unsere ausgemergelten Körper
erholten sich. Wenn der Schmerz nicht mehr in den
Gedärmen wütete und sich entspannte, war er schon
vergessen.

Ich hatte gelernt die Jahreszeit am Stand der Sonne zu

bestimmen. Wenn es sich auch kaum erwärmte,
schätzte ich die Zeit auf Mitte Mai.
Wenn uns auch die jetzige Situation bisweilen eine heile
Welt vorgaukelte, saß ich dennoch auf einem Pulverfass.
Meine Unruhe wuchs, mein Plan auszubrechen,
war ungewiss - von Zweifeln über das Gelingen, war ich
nervös und aufgewühlt.
Alles könnte so harmonisch sein, wenn alles nach Justins
Willen und Wünschen lief.
Er hatte mich nicht für sich allein, wie er es sich erhoffte.
Einer war zu viel...

Der erste warme Tag, erfreute die Sinne und machte uns
euphorisch. Übermütig uns neckend, liefen wir albern,
kichernd durch die Ruinen.
Berty, wie ich Albert inzwischen nannte, folgte mir und holte
mich ein. Er packte mich, hob mich hoch und wirbelte mich
im Kreise. Aneinander geschmiegt, uns gegenseitig haltend,
verweilten wir bis der Schwindel nachließ - die Welt sich
nicht mehr um uns drehte.
Bevor ich ihm impulsiv einen freundschaftlichen Schmatzer
auf die Wange drückte und wieder lachend davonlief.
Als Justin mir mit zornumwölktem Gesicht, den Weg
versperrte und die Gelegenheit wahrnahm, sich Luft zu

verschaffen. Diese alberne Kinderei genügte, Justins
Emotionen zum überkochen zu bringen.
„Wie lächerlich, ja geradezu Idiotisch du dich benimmst.
Du tust alles um den Jungen noch mehr zu verhexen,"
grollte er.
„Ach ich glaube eher, du bist total neben der Spur.
In deiner unangebrachten eifersüchtigen Verblendung,
ist dein Sinn für die Realität und alles Normale vernebelt.
Alberne Kindereien, wie du es nennst, machen das Leben
leichter und lebenswerter - ermuntern den Alltag
und beflügeln die Seele.
Du hingegen, benimmst dich wie ein verschmähter Teenager,
wo ist dein Humor geblieben.
Was tust du hingegen, mich zu ermuntern?
Hast du denn nur Zahlen - Visionen und Bosheiten im Kopf."
„Ich handle stets nach bestem Wissen und Gewissen."
„Ah - ja, wie damals, als du mich betäubt und in ein
Raumschiff entführt und zu allem Übel auch noch dort oben
allein zurückgelassen hast. Etwas Grausameres kann man
einem Menschen nicht antun!" fauchte ich.
„Ja Gott - ja das war nicht gerade ritterlich, aber das musste
sein. Das alles geschah nur aus meiner übergroßen Liebe
zu dir. Doch keiner hat mich so an der Nase herumgeführt
und lächerlich gemacht wie du.
Meine echten Gefühle haben dich nie gekümmert.

Mit meinen Gefühlen hast du doch nur gespielt."

„Ach, du bist doch zu keinen echten Gefühlen fähig.
In deinem Hirn ist kein Platz für Kurzweil und Romantik.
Dein Herz ist versteinert - dort oben im All."

„Ach was schwafelst du da für einen Unsinn. Du lenkst vom
Thema ab, doch du kannst dich nicht reinwaschen."

„Wozu auch, ich habe dich nie wissentlich gekränkt,"
entgegnete ich verdrossen.

„Ha - dass ich nicht lache. Jedes zweite Wort von dir,
trifft mich wie ein Giftpfeil. Dein abschätzender, kalter Blick
trifft mich jedoch nicht mehr, mir ist ein dickes Fell
gewachsen. Ich kann alles abschütteln," ergänzte er
und schüttelte sich.

„Du bist gemein und selbstverliebt. Auch ich musste viele
Stolpersteine überwinden," warf ich ein.

„Ach du - dir fällt doch alles in den Schoß," spöttelte er,
hämisch.

„Wow, jetzt hast du es mir aber gegeben. Bist du nun
zufrieden - deinen ganzen Unmut losgeworden zu sein?
Du bist und bleibst ein gefährliches Ungeheuer.
Deine dramatischen Hasstriaden, tönen recht tragisch,
mir jedoch imponieren sie nicht.
Ist nun alles gesagt, was du loswerden musstest.
Fühlst du dich nun besser? Dann ist ja alles OK."

„Hm - nun gut, lass doch die Vergangenheit ruhen

Schätzchen, nun zählt einzig dass Jetzt."

„Ja, so komm und sei wieder friedlich," sagte ich versöhnlich und strich ihm beruhigend über den Arm.

„Ach ja, wir sollten uns nicht ständig bekriegen, es gibt noch anderes. Ich weis etwas viel Besseres," schmunzelte er.

„Unser heißer Disput hat mich wahnsinnig erregt. Komm, komm mit mir in unsere geheime Liebeslaube - unsere kleine Kabine in einem Hotel, das es einmal war, doch ohne Dach und aufdringliche Kellner."

Er fasste mich um die Schulter und wir gingen von innerer Erregung beflügelt - wie ein altes Liebespaar.

Gelegentlich drang neuerdings, herzhaftes Gelächter
aus den Fenstern, ohne Scheiben oder von der Bank
vor dem Hause.
Justin hatte seine Raumgondel geplündert,
Steppdecken und Kissen schmückten nun unser Heim.
Ein ungewohnter Luxus, der uns das Leben verschöne.
Ich freute mich, wenn die Männer sich Zoten erzählten
und sich vor Lachen bogen. Ich gesellte mich gerne in ihre
anheimelnde Runde.
„Lieber Justin, du prahlst doch immer alles zu wissen,
so sag mir doch welche Zeit wohl hier jetzt sein mag?"
„Das kann ich dir genau sagen," antwortete er gut gelaunt.

„Also hier haben wir das Jahr 3009 - das Ende der Zeit.
Denn weiter ist die Zeit noch nicht fortgeschritten.
In deiner ausgewählten Zeit ist jetzt 1879.
Obwohl deine Realzeit, aus deinem vorigem Leben,
der du ja unbedingt entfliehen musstest, mittlerweile
beinahe diese Zeit sein müsste, in der wir uns jetzt
befinden - wenn du nicht permanent immer wieder
in die Vergangenheit untergetaucht wärst.
Aber das sollte für dich ja uninteressant sein," fügte er hinzu.
Genug jetzt der Müßigkeit. Ich werde jetzt ein paar verkohlte
Baumstämme abschlagen. Holzkohle eignet sich ja besonders
gut zum Grillen. Das verbrannte Holz jedoch, war kaum von
Nutzen, denn es war ja nicht zu Holzkohle angeräuchert,
sondern verglüht - sollte sich schon bald herausstellen.

„Komm Junge, geh mir zur Hand!" forderte er den Albert auf.
„Ja, ja, ich werde später zu dir stoßen, geh nur erst mal
allein."
Ich jedoch hatte mich gefreut, allein mit meinen
aufgewühlten Gedanken, zurecht zu kommen.
Was Justin mir soeben eröffnete, brachte mich total
aus der Fassung.
„Carla, jetzt kann ich es dir ja sagen, was mich schon so lange
interessiert und verwundert. Wir kennen uns schon so viele

Jahre. Alle anderen werden mit jedem Jahr farbloser, runzliger und unansehnlicher, dich aber scheint das Alter nicht zu berühren, denn du erscheinst mir mit jedem Tag lieblicher und betörender - strahlst wie die aufgehende Sonne - verblendest alle."

„Ach, das empfindest du nur so, weil du keinen Vergleich hast. Ich bin ja zurzeit die einzige Frau auf diesem Planeten," entgegnete ich, schmunzelnd.

„Bei mir aber dachte ich: Wie gut das keiner mein kleines Geheimnis kennt. Nun ja, bis auf Robby und natürlich Justin, der sich genau wie ich, gelegentlich dieser wundersamen Verjüngungsmethode bedient.

Wie konnte er auch sonst mit fast 800 Jahren noch immer so blendend gut aussehen.

Um Berty nicht zu brüskieren, sagte ich:

"Komm mein Freund, lass uns die Zeit nutzen und einen kleinen Spaziergang, durch die herrliche Natur machen, nur wir beide."

„Du beliebst zu scherzen. Von welcher herrlichen Natur sprichst du? Ich sehe nur verbrannte Erde.

Wie lange soll ich das noch ertragen? Warum können wir nicht einfach in den Zeitkanal gehen, nur wir beide und dem ganzen Irrsinn hier entfliehen?"

„Bald schon - bald, wenn ich den richtigen Zeitpunkt errechnet habe," beschwichtigte ich ihn.

„Ach Berty - mich kümmert jetzt nicht die schwarze Erde,
noch mein Alter. Mich plagen zurzeit ganz andere Dinge.
Es wäre sinnvoller, du lässt mich jetzt allein und folgst Justins
Anweisungen, sonst gibt es wieder Ärger."
„Wie du meinst," sagte er beleidigt und trottelte
achselzuckend davon.

Endlich allein, prallte die ganze Erkenntnis auf mich ein.
Ich schwebte in euphorischen Sphären.
Also ist es schon in diesem Jahr soweit, überlegte ich.
So bleiben mir noch schätzungsweise 3 - 4 Monate,
bis zu dem großen Tag...
Ich mochte jauchzen vor Freude, doch ein banges Gefühl
der Ungewissheit hielt mich gefangen.
Denn der genaue Tag ist äußerst wichtig für mein Vorhaben.
Ihn darf ich nicht verpassen, um mit meiner Person in der
anderen Zeit verschmelzen zu können, dachte ich, in neu
erwachter Sorge.
Ich muss Justin jetzt unbedingt öfter zu seiner Raumgondel
begleiten. Sicher wird er es mir nicht verwehren.
Ein Stück intakter Gegenwart, ist in dem Tohuwabohu
lebensnotwendig, besonders für mich, war mir klar.

Ob am Morgen - mittags oder am Abend der Zerstreuung
in geselliger Runde, gab die Stirn die steten Gedanken,
erquickend und marternd zugleich, nicht frei.
Sie waren mein ständiger Begleiter - belasteten
und beflügelten mich gleichsam.
Ich brauchte Klarheit.

Drei Tage ertrug ich die Ungewissheit.
Schon früh am Morgen, als die Männer sich anschickten,
ihren jeweiligen Beschäftigung nachzugehen,
bat ich Justin, ihn bei seinem nächsten Trip zu seiner
Raumgondel, begleiten zu dürfen.
„Ja freilich, wenn dich die langweiligen Daten interessieren!
Natürlich kann ich auch Aktuelles, aus gewissen Zeiten
einblenden. Doch diese jetzige Zeit, existiert nicht mehr,
da bleibt der Bildschirm leer.
Kein Computer kann Aufschluss geben von dem Tag,
als die Hölle sich auftat und alles vernichtete.
Denn auch sie, sowie der allmächtige Zentralcomputer,
welcher einst die Weltenregelung übernehmen sollte,
ist zerstört.
So ist es nicht gekommen, wie ich es einst prophezeit,
nämlich, das der große Zentralcomputer
noch bestehen wird, wenn die Menschheit längst
ausgestorben ist."

„Das ist mir alles klar. Doch ein paar bunte Bilder
von der lebendigen Welt, als noch alles von sprudelndem
Leben erfüllt war, wäre eine erbauende Abwechslung,
in dieser katastrophalen, grauen Welt für mich."

„Ja das kann ich gut verstehen. So komm mein Schätzchen,
las es uns gleich tun," sagte er, gönnerhaft und faste mich an
der Hand.

„Halt - wo geht ihr beiden hin? Was habt ihr
für Geheimnisse? Nehmt mich mit!" bedrängte uns Berty,
der sich ausgeschlossen fühlte.

„Aber - aber Junge, sei nicht so aufdringlich.
Wo wir hingehen, da bist du überflüssig. Du musst schon
warten, bis wir wieder zurückkommen." spöttelte Justin
augenzwinkernd.

„Warum musstest du das jetzt sagen, du Scheusal.
Er wird jetzt denken, das wir..."

„Ach, lass ihn denken was er will, er kann uns keineswegs
begleiten. Das würde ihn total überfordern.
Zum Glück, hat er noch nicht meine kleine Flugmaschine
entdeckt. Ein Raumschiff mit der neusten Technik
ausgestattet, mit Computern und unverständlichen
Schaltmodulen, passt nicht in die Welt des 1833 Geborenen.
Er würde irre werden und uns für Monster halten.

Monate waren vergangen.

Zum dritten Mal begleitete ich ihn nun zu seinem geheimen Refugium.

Nun wollte ich alles für mich nötige, wissen. Ich saß gespannt neben ihm.

„Allerdings lassen sich alle möglichen Zeitberechnungen einstellen. Oh - ich kenn mich bestens aus mit dem Superhirn. Es ist mir tatsächlich gelungen auch die Zeit nach der Zerstörung zu rekonstruieren, denn dieser Computer hat ja keinen Schaden genommen."

Ich fieberte vor Ungeduld, als er die genaue Zeit einblendete.

„Da - sieh selbst, er hat alle Zahlen ausgespuckt.

Heute ist der 13 September, in dem Jahr und der Zeit,
die es nicht mehr gibt," betonte er.

„Ach, die liebe Zeit ist doch egal, sie spielt keine Rolle für uns," sagte ich, abwinkend, um ihn in Sicherheit zu wiegen und meinen geheimen Fortgang nicht in letzter Minute zu gefährden.

Ich hielt mich, mit allem was ich nun sagte zurück.

Er durfte nicht wissen, dass ich mich sehr wohl an fast alles erinnern konnte. Doch zu meinem Vorteil, war es gerade diese Zeit, die ihm damals fehlte.

Denn zu dieser Zeit kannten wir uns noch nicht.

Er war erst später in mein Leben getreten und war also völlig arglos, dass das Datum des 14 Septembers - meine Zeit war.

Der Tag war für mich, der Beginn eines neuen Lebens,
des Lebens mit ihm - meinem geliebten Günter.
Mein Gott - morgen schon ist mein großer Tag - morgen wird
es geschehen, worauf ich solange schon hin fieberte.
In meinem Kopf lief alles durcheinander. Doch ich musste
mich beherrschen - musste mich geben wie sonst.
Darum sagte ich wie beiläufig: „Die Einblendungen in die
vergangene Zeit, waren sehr ermunternd für mich,
doch die Daten und Zahlen verwirren mich nur, was sollten
sie mir auch nutzen, es ist eh alles Vergangenheit.
Es gibt kein Entrinnen, das Leben muss gemeistert werden,"
heuchelte ich.
„Ja - nicht wahr, unsere Bestandsaufnahme hat sich gut
entwickelt, im Frühjahr werden wir zur Hochform auflaufen.
Wenn die Vegetation, wie ich vermute wieder zu sprießen
beginnt, wird es auch ein Neuanfang für uns geben
und alles Getier, das sich tief im Boden verbirgt,
wird allmählich wieder ans Licht dringen.
Denk nur, hier wird wieder ein Garten Eden entstehen,
mit dir und mir, als Adam und Eva," betonte er,
nachdrücklich.
Ja, bau dir nur den Garten Eden auf, doch ohne eine Eva,
dürfte es nicht zu deinem gewünschten Erfolg gedeihen.
Zwei, oder auch drei Menschen allein, werden zwischen den
Ruinen sehr einsam sein und bleiben.

Doch das alles war nur in meinem Kopf, denn ich sprach
es nicht aus.
Justin verlor sich in utopischen Träumereien und bemerkte
nicht, dass ich ihn schon längst verlassen hatte.

Ich lief wie auf Wolken, wollte kein Wort mehr von Justins
Spinnereien hören.
Ich wollte nicht viel mitnehmen. Nur Justins modere
elektronische Smartwatch Uhr, die er stets am Handgelenk
trug, brauchte ich unbedingt.
Um sie ihm unbemerkt zu entwenden, musste ich heute
Nacht, seine unmittelbare Nähe suchen.
Ein letztes Schäferstündchen zum Abschied, geheuchelte
Liebe vorgaukeln und wenn er selig schlief....
Ein Freudentaumel hatte mich erfasst.
Ich weis nicht mehr, wie ich den letzten Tag verbrachte,
sicher in übersprudelnder Liebeswürdigkeit.
Alles war mir egal.
Alle Kümmernisse und Unbill, war vergessen.
Ich fieberte nur noch dem nächsten Tag entgegen.
Heute war es soweit...
Was würde mich erwarten?
Würde alles so kommen, wie es geschrieben stand?

©2021Charlotte Camp
Herstellung und Verlag: BoD – Books on
Demand, Norderstedt.
ISBN:9783754337493

Mehr unter: http://www.meine-buch-ideen.de